A

Anna und Anno bedeuten füreinander das ergänzende Gegenstück, nach dem wir alle suchen. Sie leben ein modernes Großstadtleben, geprägt von Partys, Freundschaften und auch dem emotionalen Ballast, den beide aus ihrer Jugend mitbringen. Als ihre Wege auseinandergehen müssen, finden sie dennoch eine Möglichkeit, um gemeinsam das Leben zu führen, welches sie sich gegenseitig versprochen haben – und treten eine Reise an die Grenzen des Verstandes an.

Sabin Tambrea, geboren 1984 in Târgu Mureş, Rumänien, studierte Schauspiel an der Hochschule für Schauspielkunst Ernst Busch. Er war Mitglied des Berliner Ensembles und unter anderem zu sehen in Inszenierungen von Claus Peymann und Robert Wilson. Zu seinen Film- und Fernseharbeiten zählen wichtige Rollen in *Kudamm 56, 59* und *63, Babylon Berlin, Ludwig II.* und *Narziss und Goldmund.* Sabin Tambrea lebt in Berlin.

SABIN TAMBREA

NACHT LEBEN

Roman

ATLANTIK

Schrift und Illustration auf S. 174 sowie
Teile der Titel-und Kapiteltypographie: Copyright © Robert Wilson

Atlantik ist ein Imprint des
Hoffmann und Campe Verlags, Hamburg.

2. Auflage 2024
Taschenbuchausgabe
Copyright © 2021 Hoffmann und Campe Verlag, Hamburg
www.hoffmann-und-campe.de
Umschlaggestaltung und Illustration:
Vivian Bencs © Hoffmann und Campe
Umschlagabbildung: © alexkoral / shutterstock
Satz: Pinkuin Satz und Datentechnik, Berlin
Gesetzt aus der Dante MT Std und der Bely Display
Druck und Bindung: GGP Media, Pößneck
Printed in Germany
ISBN 978-3-455-01537-9

Ein Unternehmen der
GANSKE VERLAGSGRUPPE

Inhalt

ERSTER TEIL

ZWEITER TEIL

ERSTER TEIL

I.

Winter

»Anna!«

Die Körper tanzten nach einer Musik, die ihren Bewegungen nicht entsprach. Heiße, schweißdurchtränkte Luft, durch viele Leiber gegangen, rann stückweise vorankriechend an den Fensterscheiben des Clubs herunter, angeschoben durch die Schallwellen der Trommeln. Doch diesen Rhythmus hörte Anna nicht. Sie saß matt auf einem Stuhl, verschwitzte Strähnen versperrten ihren Blick, hinter deren Gitter blaue Augen unbewegt nach innen schauten; die Kraft nur auf ihr Wertvollstes gerichtet, die Erinnerungen an die Zeit, als der Winter noch nicht in ihr Leben eingebrochen war. Die Unumkehrbarkeit des Umbruchs verzehrte ihre letzte Kraft aus allen Sehnen, Venen zeichneten sich deutlich ab auf Hals und Armen, deren Puls den Takt der Tanzenden mit keinem Herzschlag traf.

Die Menschen ihres Alters rundherum suchten für gewöhnlich nach Erfüllung, sofern sie diese noch nicht fanden oder gar sich durch Zerstreuung von der schweren Suche abzulenken wussten. Ihre eigene Erfüllung hatte

Anna längst gefunden; und wieder verloren. Dieser Verlust lag als Grundakkord unter all ihren Gedanken, an einem jeden Tag des Winters; nur durch kurze Phasen der Manipulation farblich unterbrochen, so wie in dieser Nacht, zumindest bis die nachlassende Wirkung der Chemie ihr die warme Decke von der Seele reißen sollte. Ihr Puls war seit Stunden um sein Leben gerannt, nun trat er schleichend in den Strom zurück, war bereits im Gleichschritt fast mit der unerwünschten Gegenwart; die Zeichnung des Gesichts wehrte sich noch friedlich. Es war die Stunde der Erschöpfung, kurz bevor der überspannte Bogen letzter Glücksgefühle reißen würde.

»Hier, dein Wasser.«

Eine Gestalt schob sich unscharf in ihren Blick.

»Anna?«, fragte die Person, routiniert darin, keine Antwort zu erhalten. In Annas Wahrnehmung geriet ihr ausgesprochener Name in eine Schleife, wiederholte sich, erklang verändert wieder. Erst mit der Stimme der Frau vor ihr, dann häutete die Farbe sich. Als sie ihren Namen mit seiner Stimme hörte, reagierte sie. Die Stimme fuhr fort.

»Ich habe doch gesagt, nimm nicht so viel.«

Emma, die seit zwanzig Jahren Annas Gang auf allen Wegen stützte, erhielt bloß einen Blick als Antwort still zurück, vor Liebe wund zugrunde gehend. In der neunten Klasse hatte das Schicksal sie zusammengeführt, als Anna wiederholt die Schule wechseln musste, auf der Steintreppe des Schulhofs hatten sie sich einst das erste Mal getröstet. Emma war seitdem alle Pfade tapfer mitgegangen, ließ sich lang die Arme ziehen, als Anna an dieser oder jener Zweigung tiefer nach dem rechten Wege suchen musste, doch sie ließ nie los, wenn es mal der falsche war. Die Entwicklungen der letzten Zeit vermochten die Empathie der Freundin jedoch an Grenzen zu geleiten, deren Existenz in dieser Freundschaft einst undenkbar schien.

Emma bewegte das Gefäß vor Annas Augen, diese nahm vorsichtig das Glas, stellte es aber sofort beiseite, als ein steigend dumpfer Pfeifton grell in die Musik ihrer Gedanken drang.

Es war angezählt. Die Übelkeit kroch in ihren Magen, die Zeit war knapp, um die Toilette zu erreichen. Nichts erinnerte mehr an ihre Trägheit, als sie sich erhob, um den schweren Gang nun anzutreten, doch ihre Würde war gefährdet, sich vor den Augen Unschuldiger zu übergeben. Anna wehrte sich dagegen, stand aufrecht und anmutig, als seine Worte sie ins Genick trafen.

»Soll ich mitkommen?«, fragte Emma, streckte ihr dabei die Hand entgegen. Anna drehte sich um, nachdem sie ihn die Worte sprechen hörte, schüttelte langsam nur den Kopf. Da fiel es ohne Abwehr leise aus ihr heraus: »Ich liebe dich«, sagte sie zu Emma, doch sie meinte ihn.

Mit wiedererwachtem Gehör saß Anna auf dem Klodeckel, hörte dumpfe Bässe durch gekachelte Wände hindurch. Dieser Gang war so schwer wie wenige zuvor gewesen, doch sie hatte ungedemütigt ihr Ziel erreicht, auch wenn sie sich an vielen fremden Leibern stützen musste. Das Schmerzmittel verlor an Wirkung, ihre Beine taten weh, es pulsierte in den Narben.

Anna war bleich wie ein Handtuch. Der kalte Schweiß juckte in den Flächen ihrer Hand, ihre Haarwurzeln richteten sich auf, die Kralle alter Ängste streifte sie am Nacken, die Kälte kehrte heim. Lange wehrte Anna sich, die einzige

Handlung zu unternehmen, die ihr noch Linderung verschaffen konnte, dann ergab sie sich. Sie zog das Telefon aus ihrer Hosentasche, tippte ein »Ich kann nicht mehr«, versendete die Nachricht. Sie wischte schnell nach unten, Hunderte von ihr verfasste Sätze fielen durch das Display zwischen ihren matten Knien hindurch, dann erschien sein letztes Wort. Es war, schlicht und einfach Abschied nehmend, »Schlüssel?«.

Durch die Kabinenwand hindurch hörte Anna die Toilettentür aufgehen. Ein Schwall der äußeren Musik stürmte wild herein, verebbte wieder zu den Bassfrequenzen von zuvor, als die Tür zurück in ihre Fassung fiel. Nachdem die Klackergeräusche der vier eingetretenen Absätze vor dem Spiegel schwankend festen Stand erlangten, fragte eine heisere Frauenstimme, ob sie bei der anderen übernachten könne. Diese keifte bebend desinteressiert zurück, dass man ihr den Schlüssel an die Hand nageln sollte. »Ja«, hauchte es abwehrend, »ich habe meine Schlüssel halt vergessen.«

Wieder hämmerte das Echo seiner Stimme gegen ihr Bewusstsein, dieses Mal von vorne, mitten in den Bauch hinein.

»Ich habe meine Schlüssel vergessen.«

Die Worte begannen einander zu umkreisen, bis ihre Fliehkräfte sie packten und Anna zurück in die Erinnerung rissen. Das Telefon fiel ihr aus der Hand, sie betrachtete die Flugbahn. Ihre Gedanken rasten mit einer solch flirrenden Geschwindigkeit umeinander, dass sich Annas Wahrnehmung der Außenwelt bis zum Stillstand hin verlangsamte, in zeitloses Schweben geriet, noch bevor das fallende Objekt den Boden erreichen konnte.

Das Herbstblatt fiel. Ein spätsommerlicher Windstoß hatte das protestierende Blatt vom Zweig gelöst, legte es in schaukelnden Bewegungen auf die Wurzel des Baumes nahe am Bordstein, an dessen Straßenseite vereinzelt Autos im orangenen Licht der Straßenlaternen geparkt waren. Vorsichtig wurde es aufgehoben.

»Was tust du da?«, fragte Anna, während sie sich neugierig die Brille den Nasenrücken hinaufdrückte.

»Das erste Herbstblatt – für dich«, erwiderte die Stimme des Mannes ohne Brille, während er das Blatt ihr überreichte. Dies war Anno.

»Oha!«, bemerkte er ein weiteres.

»Das ist deins!«, sprach Anna, als er ihr auch dieses Blatt noch reichen wollte.

Anno fiel auf, dass sie leider bereits wieder vor der Haustür standen, an der er Anna zuvor abgeholt hatte. Er bedankte sich, es sei ein wirklich schöner Abend gewesen. Als er sich sein Herbstblatt in die Hosentasche steckte, stockte er, denn es fehlte etwas Wichtiges darin.

Es sei ihm äußerst unangenehm, aber sie könne ihm aushelfen, wenn sie wolle. Doch natürlich sei es auch kein Problem, wenn sie einfach »Nein« sage.

Anna dachte nicht daran, ihn weiterhelfend zu fragen, worum es sich handele, sie wartete still, sehr gespannt und lächelnd ab. Also fuhr er fort.

»Ich habe meine Schlüssel vergessen.«

Hinter ihrer Brille schoben sich die Augenbrauen ernst nach oben. Er habe nicht viele Defizite, fuhr er rechtfertigend fort, aber mit Schlüsseln sei er noch nie klargekommen. Als dem trotz langer Wartezeit nichts weiter folgen wollte, fragte Anna schließlich nach, wie es sich denn mit den anderen verhalte, doch darauf ging er weiter nicht mehr ein, auch wenn er flüchtig überlegte, ob jetzt der rechte Augenblick für sein Geständnis sei, dass er äußerst ungern tanzte, doch die Gedanken führten an kein Ziel, denn die Formung ihrer Lippen lenkte ihn sehr leicht von seinen Defiziten ab. Nach einer zögerlichen Pause fragte Anno, ob er sie küssen dürfe. Seiner Frage folgte eine weitere Stille, von Anna derart formuliert, als dass seine Hoffnung Wurzeln schlagen konnte. Sie stimmte der Fortführung des Abends zu und sprach, bevor er sich ihr nähern konnte: »Du müsstest nur noch pumpen.«

Entgegen der Befürchtung Annas schien das aufgepumpte Gästebett nicht undicht zu sein; zumindest lag Anno schon mehr als zwei Stunden darauf, ohne dass es an Härte nachgelassen hätte. Sie hatten es diagonal von Annas Bett aus in der entgegengesetzten Ecke ihres Zimmers aufgestellt. Beide lagen unter den Decken ihrer separierten Betten, hörten noch Musik über die Anlage, welche an einem langen Kabel mit dem Telefon in Annos Hand verbunden war. Er suchte nach dem letzten Titel, den er vor der Nacht noch mit ihr teilen wollte, die Klänge setzten ein.

»Ernsthaft, Coldplay?«, hinterfragte sie die Wahl.

»Ja, ich mag es halt.«

»Ja, das mögen viele«, kam es abwertend zurück, er konterte, mit Musikvorlieben sei nicht zu spaßen, er sei nur ganz zu haben oder eben gar nicht. Anna unterbrach, befahl ihm unbeirrt den nächsten Titel. Anno schmunzelte, als er bedeutungsvoll den Namen wiederholte. Ihr gewünschtes Lied, es hieß »Matilda«.

Anna wollte es sich nicht eingestehen, doch rang sie

schon seit einiger Zeit mit ihrer Müdigkeit, um den schönen Abend ein wenig nur noch fortzuführen, dann ergab sie sich, nahm ihre Brille ab und legte sie neben die einzige noch brennende Lampe ihres Zimmers auf den Nachttisch.

»Machst du bitte das Licht aus?«

Anno vergewisserte sich, ob sie die Lampe an ihrem Kopf, in der anderen Ecke des Zimmers meine, ohne sich zu trauen, die getarnte Bitte einer Annäherung auch als solche zu verstehen. Sie meine genau diese. Anno schlug die Decke auf, kroch balancierend aus dem Luftbett. Anna sah nur noch verschwommen, doch es genügte, um folgende Gedanken anzustoßen: Er hätte sich wahrlich eine weniger gemusterte Unterhose anziehen können. Doch zumindest sei damit die Vermutung entkräftet, er habe seine Schlüssel vorsätzlich vergessen oder aber sein Modegeschmack gehöre, wie auch die Wahl seiner Musik, zu seinen Defiziten; da könne man aber dran arbeiten. Als Anna mit ihren Gedanken fertig war, stand Anno schon an ihrem Bett und betrachtete sie eine Weile. Sie bat ihn, näher zu kommen, da sie ihn auf die Entfernung nicht klar sehen könne. Vorsichtig beugte er sich zu ihr hinunter. Bevor es ihr zu nahe war, sagte sie ihm kalt, dass sie ihn verprügeln würde, wenn er jemals den Verstand verlieren sollte. Erst überlegte Anno noch, sie zur Nacht zu küssen, doch dann entschied er sich entmutigt, nach einem anderen Weg zu suchen. Er atmete tief ein und hielt die Luft an, verlangte dann von ihr, es ebenfalls zu tun. Als beide den Bogen zur Nacht eingeatmet hatten, knipste er die Lampe aus, bevor er beim Zurückgehen noch schmerzhaft an zwei Gegenständen dumpf entlangstieß, die er niemals dort vermutet hätte; hatte er auf dem Hinweg doch Augen nur für sie.

Ein anderes Mal, in ihrer späteren gemeinsamen Wohnung, hatte Anno wieder Augen nur für seine Schlüssel. Er rannte durch den Flur, schob Zeitschriften beiseite, inspizierte genau umliegende Regale, dann auf seinen Knien den Boden. Er erhob sich, dachte aufrecht nach, wo er sie hingelegt haben könnte, hielt sich beide Hände vor die Augen, um nicht visuell von der gedanklichen Rekonstruktion des Ablegevorgangs abgelenkt zu sein. Es klopfte.

»Jaha, Moment«, warf Anno melodievoll durch die Wohnungstür.

»Ich kann nicht jedes Mal warten«, sagte eine müde Herrenstimme, noch ganz außer Atem von den Stufen.

»Ja, was soll ich machen, die Tür ist abgeschlossen und anstatt dass der Schlüssel in der Tür ist, wo er hingehört, ist er woanders.«

Währenddessen war Anna, nackt und ohne Brille, aus dem Schlafzimmer gekommen, mit dem Schlüssel in der Hand. Sie klimperte mit ihrem Bund vor Annos zugehaltenen Augen herum, nahm seinen Kopf zwischen ihre Hände, kam jedoch nicht mehr dazu, ihn durchzuschütteln, da es erneut klopfte. Sie rannte flink zurück ins Bett, Anno schloss die Tür nun endlich auf.

Kopfschüttelnd stand der Bote da. Mild lächelte die Zeichnung seiner Züge, obwohl er ernst herüberschaute. Seine Atemlosigkeit ermöglichte ihm nur zwei Worte, in die er aber ein ganzes Universum an Bedeutung legte.

»Herr Müller …«

»Ja, Herr Schmidt, danke für die Geduld.«

Anno wackelte am Schlüssel, der sich in der Innenseite des Schlosses verkantet hatte.

»Jetzt klemmt er natürlich.« Herr Schmidt betrachtete interessiert Annos Bemühungen, den Schlüssel aus der Tür zu lösen. Schließlich fasste Anno das Problem zusammen.

»Der Riegel rastet auf halbem Weg falsch ein, wenn man zu schnell aufschließt.« Man müsse dann nur kurz von außen mit dem Schlüssel gegendrehen.

»Aber ich bekomme ihn nicht heraus.« Schließlich fiel Annos Blick auf den erst kürzlich angebrachten Nagel am Türrahmen, an dem der Ersatzschlüssel hing.

»Ach, hier ist der Ersatzschlüssel! Am Nagel für Ersatzschlüssel.« Er nahm ihn, drehte mit dessen Hilfe an der Außenseite des Schlosses entgegen und holte den inneren Schlüssel heraus. Der Äußere verblieb in der Tür, da Herr Schmidt ihm unterbrechend die Annahmebestätigung reichte. Während er unterschrieb, murmelte Anno, es sei höchste Zeit für Türen, die man mit einer App öffnen könne.

Bis dahin müsse er dennoch sein Tagespensum schaffen, entgegnete Herr Schmidt.

»Sie wissen doch, was wir täglich zu meistern haben.«

»Ja, es ist kein Leichtes.«

»Nein, es ist kein Leichtes.«

Beide nickten. Herr Schmidt fuhr fort. Es sei wirklich unschaffbar geworden seit diesem Internet.

»Die Leute werden immer fauler, holen sich Katzen, lassen sie fett werden, und ich schlepp dann die Katzenstreu hoch, damit sie ihr Geschäft verrichten.«

Anno relativierte, er sei mehr so der Hundetyp, habe sich aber einfach nicht durchsetzen können; der Kater sei ein Kompromiss gewesen. Doch der Bote unterbrach ihn, als er das Wort »Hund« hörte:

»Ich auch!«, sprach er voll Begeisterung. »Mein Ingo wurde zwölf, das ist in Menschenjahren ja, mal …« Er überlegte kurz, rechnete still nach, bis er schließlich rundete. »Achtzig, weit über achtzig!«

Anno wackelte ebenfalls beeindruckt mit dem Kopf. »Unsereiner kann schon froh sein, wenn er nicht von irgendeinem Wahnsinnigen in den Vierzigern aus seinem Leben gerissen wird.«

»Ja, ist es nicht schlimm geworden?«, fragte Herr Schmidt voller Besorgnis. Er wisse nicht mehr, ob es früher nicht genauso schlimm gewesen sei, aber irgendwie fühle man sich jetzt bedrohter von allem, was passiere.

»Man erfährt's von allen Seiten, und alle haben eine Meinung, meistens eine schlechte.« Herr Schmidt dachte resignierend nach. Der Kater versuchte, während dieser Zeit durch den Spalt der Tür zu fliehen, doch Anno unterband gekonnt mit seinem Fuß den Anlauf. Herr Schmidt war noch immer in Gedanken.

Anno unterbrach ihn, solange nichts geschehe, solle man sich seiner Gesundheit glücklich schätzen und froh sein, seiner – das folgende Wort betonte er dezent – Arbeit nachgehen zu können.

»Ja, die Arbeit.«

»Alles Gute für Sie, Herr Schmidt!«

»Für Sie auch, Herr Müller, für Sie auch.«

Herr Schmidt beugte sich klangvoll ausatmend nach dem Paket zu seinen Füßen, hob es auf und wendete sich rasch der Treppe zu. Auf halbem Weg zum tieferen Stockwerk hatte Anno ihn dann eingeholt, um seine Sendung doch noch anzunehmen.

»Wo habe ich nur meinen Kopf?«, fragte Herr Schmidt

ermüdet, unmerklich lächelnd. Anno schaute ihm auf halber Treppe lange nach, bis er um die Ecke bog, nun hörte er es laut von oben kratzen. Der Kater war entkommen und schärfte genüsslich seine Krallen an der Fußmatte des Nachbarn.

»Judas, komm rein, Essen ist da!«, rief er, mit dem Paket die Stufen hinaufhastend. Mit dem einen Fuß schob er den Kater in die Wohnung, mit dem anderen zog er die Tür ins Schloss zurück, an deren Außenseite immer noch der Schlüssel hing.

Vor der gleichen Tür kam der Nachbar einige Jahre später nicht mehr aus dem Lachen heraus, als er das Paar auf den Treppenstufen vor der Wohnung sitzend vorfand. Er schlurfte gegen Mitternacht nach Hause, schaute sehr betrunken und entsetzt die beiden an, lachte schließlich laut heraus und ging ohne jeden Kommentar durch seine Wohnungstür hinein. Anna war seit einer knappen Stunde bei nicht mehr allzu bester Laune, auch Anno versuchte anfangs zwar noch, der ganzen Lage eine Komik zu entlocken, doch sie schwiegen sich seit einer halben Ewigkeit bloß eisern an. Die Tür des Nachbarn öffnete sich wieder, ihm zerbrach ein Glas bei dem Versuch, eine Flasche Rotwein und zwei Kelche durch den Spalt zu balancieren.

»Ja, dann teilt euch eben eins«, lallte er den beiden zu, stellte die Flasche und das Weinglas zwischen ihnen auf den Boden, brachte noch heraus: »Ich muss jetzt schlafen!«, schunkelte zurück in sein Zuhause und tänzelte dabei um all die Scherben vorsichtig herum, deren Entsorgung er, »Jetzt nur noch schlafen«, auf den nächsten Tag verschob.

»Das ist sehr nett, danke!«, sprach ihm Anno nach, ergriff das Glas und schenkte sich ein wenig ein.

Die Zeitschaltung des Treppenlichts beendete die Zählung, die Dunkelheit zog klickend ein, nur noch der Mond schien durch das Buntglasfenster auf das Paar abstrakt herab.

Judas kratzte an der Tür hallend in das Treppenhaus hinaus.

»Haben wir zu essen hingelegt?«, dämmerte es Anna.

»Samstag ist dein Tag. Aber das Katzenklo habe ich gemacht«.

»Wir sind schreckliche Katzeneltern.«

Einer der Ersatzschlüssel war bei Annos bestem Freund verwahrt, doch Dominik ging nicht ans Telefon. Der andere öffnete soeben im Erdgeschoss die Eingangstür, Emma betätigte den Schalter. Nach langem Anstieg wurde sie von beiden erst erfreut, dann sehr verstimmt empfangen. Ob sie in diesem Zustand gefahren sei, fragte Anna ihre deutlich angetrunkene Freundin, die Angegriffene relativierte, es sei ein ToGo gewesen, ihr Auto sei unversehrt an seinem Platz, dann musste sie sich setzen. Anna schimpfte still mit ihren Augen, Anno hob den Kelch zum Gruße, sprach dann mahnend, es sei sehr dumm von ihr gewesen; für die Rückfahrt zahle er ihr gern ein Taxi.

Anna nahm das Glas aus seiner Hand, leerte es in einem Zug, griff nach der Flasche, goss sich nach. Anno wurde derweil auf den schweren Atem aufmerksam, der von unten lauter werdend keuchte. Dominik erschien, betrachtete das Trio ernst, als hätte er den Glauben gerade verloren, deutete auf Emma, flüsterte empört zu Anno: »Das ist jetzt nicht dein Ernst, ihr braucht mich gar nicht?«

Dieser parierte gleich: »Du hast nicht zurückgerufen!«

»Ja, was soll schon sein?! Ich bin gleich losgefahren.«

Dominik schüttelte den Kopf, begrüßte Emma, lächelte ihr zu, sprach: »Lange nicht gesehen!«

Diese kiekste unterdrückt heraus: »Ja, ja!«

Sie bot Dominik eine Zigarette an, strikt lehnte er sie ab. »Danke, ich rauche nicht.«

»Also dann!«, erhob sich Anno aus der unbequemen Position. »Ich hoffe, du hast die Schlüssel drinnen nicht im Schloss vergessen«, kommentierte er scherzhaft, wenn auch nicht ganz unbesorgt. Anna versenkte das Gesicht in ihre Hand; leider war es ebenso.

Während vor der Tür Emma, Dominik und Anno sich nun angeregt berieten, welche Technik angemessen sei, saß Anna weiter auf der Stufe, trank und schloss die Augen. In ihrem Rücken flirrten die geliebten Stimmen ihrer Freunde, Judas kratzte wild dazu. Alles war im Grunde trotz des Ärgernisses gut, beschützt, behütet. Sie hob das Glas erneut an, um zu trinken, doch es war nicht mehr in ihrer Hand.

Das Konstrukt der Stimmen verzerrte sich in die Vergangenheit zurück, Anna öffnete die Augen und erblickte, wie das Treppenhaus zerfiel, das Telefon glitt aus ihrer Hand, stürzte schrill sich windend auf durchnässtes Klopapier, mit zittrigen Fingern hob sie es auf.

»Man sollte dir deinen Schlüssel an die Hand nageln«, erklang es unter dem Kabinenspalt hindurch. »Ja«, hauchte es abwehrend zurück: »Ich habe meine Schlüssel halt vergessen.«

Nancy, die um Asyl gebetene, solle einfach Nein sagen,

wenn es ihr nicht passe. Mandy würde schon was anderes finden.

Da sei sie sich sicher, klatschte es zurück.

»Ich wollte eh mal fragen, was eigentlich dein Problem ist.«

»Als hätte ich mit dir ein Problem.«

Verständnislos erkundigte sich Mandy, wie es denn beispielsweise mal mit Hashtag »dankbar« wäre, schob die Melodie zum Ende hin in eine abnormale Höhe. »Früher oder später hätte er dich sowieso betrogen.«

»Safe!«, keifte Nancy zurück, »aber wenn ich die Wahl gehabt hätte, dann nicht mit meiner BFF!«

»Ja, nicht mit der BFF. Nein. – Ja!«

Mandy nickte, kurzeitig verunsichert, ob ein Ja oder ein Nein die der doppelten Verneinung zuträgliche Antwort sei.

»Ich war halt mega druff.«

In diesem Moment übergab Anna sich in der Kabine. Angewidert hielt sich Nancy beidhändig die Ohren zu, schrie hysterisch: »Na, zu viel gesoffen, du Loch?«

Mandy begann ebenfalls zu zucken, doch aus einem anderen Grund; ihr Handy klingelte.

Zu den Würge- und Spuckgeräuschen gesellte sich ein lauter Klingelton dazu, es war »Last Christmas«.

»Ja endlich, was sage ich? – Oh mein Gott, ich kann nicht rangehen. Was soll ich tun?«

Völlig perplex rang Nancy nach den Worten: »Ihm sagen, dass er sich fucking noch mal bei mir melden soll?!«

Es begann eine Rangelei, wer von beiden den Anruf nun entgegennehmen würde; der Klingelton setzte hin- und hergerissen sein Geschrei durch die Toilette widerhallend fort. Anna hatte sich zur Gänze ausgeleert, da vernahm sie das Lied. Es riss sie hoch und setzte sie auf das Erbrochene auf der Klobrille zurück, Anna starrte in ein unbestimmtes Loch hinter der Kabinenwand hinein, die Pupillen weiteten sich bis zum Anschlag ihrer Fassung. Ihr Blick war ganz gesäumt von den rieselnd weißen Punkten überhitzter Nervenbahnen, die sich erinnernd auf den Weg in die Vergangenheit begaben, welche diesmal weiter noch zurücklag als zuvor.

II.

Frühling

Die schneebedeckte Straße schlängelte sich aus dem Außenbezirk der Stadt in den beginnenden Wald hinein. Am letzten Haus dekorierten Lichterketten die Fassade, um den rauchenden Schornstein war die Schneedecke geschmolzen. Am Briefkasten, der vor der Hecke am Eingangszaun angebracht war, prahlte triumphierend die Nummer 43, in glanzgeputztem Messing. Das Haus daneben, ebenfalls weihnachtlich dekoriert, wenn auch etwas weniger prunkvoll als das Nachbarhaus, trug die Nummer 41, aus günstigerem Material. Auf der gegenüberliegenden Straßenseite war kein Haus zu sehen, bloß ein brachliegendes Feld, welches der Kirche gehörte und nicht bebaut werden durfte. Aus der weihnachtlichen Stille entsprang das lauter werdende »Last Christmas« aus dem Autoradio eines heranfahrenden Wagens. Mit geöffnetem Fahrerfenster fuhr es aus dem Randbezirk in die Szenerie des Waldes hinein, hielt hinter dem Haus mit der Nummer 43 an.

Der Fahrer war als Weihnachtsmann verkleidet. Er schnippte seine Zigarette aus dem Fenster, stieg aus, ging schlitternd hin zum ersten Tor und zwirbelte den juckeligen Bart. Er überlegte. Dann lief er zum Haus daneben, zwirbelte erneut, schaute weiter nach, ob sich zwischen beiden Häusern nicht vielleicht ein Weg doch zeigte, um zu der gesuchten Nummer zu gelangen. Schließlich stapfte er zurück zu seinem Wagen, zog das Kabeltelefon aus der Konsole, tippte eine Nummer ab, die er sich in seine Hand gezeichnet hatte, und drehte die Musik leiser. Er lehnte abwartend an der Karosserie, entflammte sich die nächste Zigarette. Glücklicherweise bestanden die Taschen an seiner Kostümierung nicht bloß aus aufgenähter Behauptung, so konnte er zumindest seine Zigaretten bei sich haben, falls sich am folgenden, gefürchteten Nachmittag ein ruhiger Moment blicken lassen sollte, um sich eine anzuzünden. Der Angerufene nahm ab.

Nach einer kalten Begrüßung: »Sag mal, 42, wo ist die? Ich steh jetzt bei der 43, aber zwischen 41 und 43 ist keine 42, und danach hört's irgendwie auf.«

Er zog kräftig an der bereits halb verbrauchten Zigarette.

»Wo?«, unterbrach er harsch den Erklärenden, das sei ja komplett woanders. »Komplett!«, wiederholte er, die Silben trennend, bevor er die Zigarette in einem Zug beendete, dann wieder unterbrach. Es tue ihm wahnsinnig leid, dass die Kinder bereits ungeduldig seien, er solle ihnen doch erzählen, der Weihnachtsmann sei tot, oder er müsse sich halt die fünfzehn, zwanzig Minuten noch gedulden. Dem Argument, mit Unsachlichkeit sei niemandem geholfen, hielt der Weihnachtsmann entgegen, dass sie vielleicht nicht an den Arsch der Heide hätten ziehen sollen. Er legte auf, warf das Telefon neben seinen Sitz, stieg wieder ein und drehte das Radio lauter. Der Staubericht wünschte noch eine gute Fahrt, bevor eine weitere Runde »Last Christmas« erklang. Er schlug genervt das Radio aus, wendete den Wagen mit durchdrehenden Reifen und fuhr mit Vollgas in den Randbezirk zurück.

Anna saß mit einer dicken Hornbrille auf der Nase vor dem Fernseher, auf dem der Zeichentrickfilm »Robin Hood« lief, allerdings stumm; ihre Mutter hatte sie darum gebeten, um den Musikgenuss der Radioanlage nicht zu trüben. Aus den Boxen, die einen Kopf größer waren als die siebenjährige Anna, erklang »Last Christmas«.

Eine Kinderhorde kloppte durch das Wohnzimmer. Die Mädchen hatten sich wieder überreden lassen, Fangen zu spielen, obwohl sie es nicht ansatzweise so sehr mochten wie die Jungs, die das Spiel viel zu aggressiv interpretierten; im Grunde hatten sie gar keine Wahl, es wurde einfach so entschieden. Acht Kinder, mit keinem wollte Anna was zu tun haben. Sie saß mit hängenden Schultern auf der Couch aus neuem Kunstleder, die dicke Hauskatze hatte sich zu ihr gesellt und schaute, Anna gleich, zur Terrasse neben dem Fernseher hinaus, die fallenden Schneeflocken verfolgend. Den Text der verstummten Figuren sprach Anna dennoch gekonnt und fast synchron mit. Die Füchsin mochte sie so gar nicht, zu klischeehaft war ihr Auftreten, doch Robin, dieser Fuchs, hatte ihr junges Herz gestohlen.

Die Kinder stürmten weiter durch das Wohnzimmer, rissen eine weiße Weihnachtskugel samt goldener Verzierung vom Christbaum, der seine Schultern unter dem Gewicht des viel zu übertriebenen Klimbims stark hängen ließ. Vereinzelt sah man dunkelgrüne Zweige, die Konstruktion bestand zum Großteil allerdings bloß aus dem Ballast der Verzierung.

Annas Vater kam herein. Gereon war sehr dick, hatte aber auch sonst wenig Ähnlichkeit mit seiner Tochter. Nachdem er sich Gehör verschaffen konnte, ließ er die aufgeregten Kinder wissen, dass sich der Weihnachtsmann verfahren habe, es würde noch ungefähr fünfzehn bis zwanzig Minuten dauern.

Marvin, der frühreife kecke Bonze, stöhnte aus tiefster Seele: »So eine Scheiße!«, vom animalischen Adrenalin des Spiels bedrohlich angestachelt. Annas Vater ging rückwärts aus dem Zimmer, überließ die Kinder ihrer weiteren Jagd. Marvin hechtete Sarah hinterher, die den Fluchtweg dicht vorbei an Anna wählte. Marvin kannte keine Gnade, war jedoch so sehr auf Sarah konzentriert, dass er Annas blitzschnell ausgestrecktes Bein nicht registrierte und nach einer bemerkenswert langen Flugbahn mit dem Kopf gegen das Tischbein knallte.

Er schrie. Sofort kam ein wütender Vater aus dem Esszimmer gerannt, griff Marvin bei der Hand und untersuchte ihn auf ausströmendes Blut. Nachdem er sich etwas beruhigt hatte, weil er keines fand, sprudelte es aus dem besorgten Vater regelrecht heraus.

»Nicht rennen, Marvin! Ich hab gesagt, nicht rennen, sonst kannst du nicht rechtzeitig reagieren, wenn jemand schneller ist als du!«

Marvin schrie noch immer, als Annas Mutter das Wohnzimmer betrat, um die Schuldfrage in die Runde zu werfen. Marvin zeigte auf Anna, schrie ihrer Mutter entgegen, dass ihre Tochter, und dabei duzte er sie, ihm ein Bein gestellt hätte.

»Anna?«

Anna, ihre Mutter unschuldig anschauend, dementierte die infame Unterstellung, mit versteckt gekreuzten Fingern. Als sie gebeten wurde, ihre Hand zu zeigen, gab sie gleich auf und ging unaufgefordert mit einem leisen »Meine Fresse« zur freien Ecke neben den Kamin, wo sie, solange sie hier wohnte, zur Strafe immer hatte knien müssen.

»Tut mir leid, Papa.«

»Ach, mein Kleiner. Mir tut es leid, ich kann es einfach nicht ertragen, wenn dir etwas zustößt. Bitte verzeih mir, dass ich so böse wurde.«

»Schon okay, Paps.«

»Mein Kleiner.«

»Mein Großer!«

»Gibst du mir noch einen Kuss?«

»Aber natürlich, Papi.«

Zufrieden ging Marvins Vater nach dem verlogenen Kuss zurück ins Esszimmer, zu seinem Weinglas. Da spürte Anna, dass sie dämonisch grinsend aus dem Hinterhalt fixiert wurde. Marvin schaute sie direkt an, formte ihr mit seinen Lippen pantomimisch »Brillenschlange« ins Gesicht. Dann riss sich Anna hoch, rannte auf ihn zu und schlug ihm mit der Faust direkt in die Fresse.

In just diesem Moment klingelte es an der Haustür. Annas Vater schloss die Tür zum Vorraum, auf dessen Boden viele Gästeschuhe äußerst ungünstig verteilt waren, öffnete schließlich die gegossene Haustür.

Es war der Weihnachtsmann, dargestellt von Onkel Richard. Ohne seine Kostümierung überhaupt zu registrieren, merkte Gereon erleichtert an, dass es zum Glück dann doch recht schnell gegangen war. Ja, es sei nicht so weit gewesen, wie Richard gedacht hatte.

»Wie bist du denn gefahren?«

Na, antwortete Richard, beim Reithof sei er links.

»Vor dem Reithof oder danach?«

Der Weihnachtsmann überlegte, während er sich eine Zigarette anzündete.

»Ich glaube, davor.«

»Siehst du?«, dozierte Gereon mit erhobenem Finger.

»Das war der Fehler, du hättest danach abbiegen müssen!«

Der Weihnachtsmann nickte, sich den Weg noch einmal visualisierend. Nach langem Ringen mit sich selbst fragte Gereon den Weihnachtsmann, ob er einmal ziehen dürfe. Richard reichte ihm die Zigarette, zündete sich aber sogleich eine neue an. Eine Zeit lang standen sie ins Leere schauend da, im Genuss des Nikotins und der Ruhe abwesender Kinder. Es musste aus Richard heraus, nur für den Fall, dass Gereon es vergessen hätte; man könnte sich ja darauf berufen, wenn er einmal Hilfe bräuchte, so schwer war ihm dieser Einsatz:

»Ich hasse diese Nummer!«

»Die Kinder lieben sie!«

Der Weihnachtsmann winkte ab, indem er Gereon anbot, sich nächstes Jahr selber zum Affen machen zu können. Anna würde, und das müsse Richard doch wissen, ihn sofort an seinem Parfum erkennen.

»Dann nimm halt weniger!«, und abgesehen davon, wenn Anna solch ein Schnuppertalent hätte, dann würde sie den Weihnachtsmann sowieso sofort am Rauchgeruch erkennen.

»Ich passe da doch gar nicht rein«, warf Gereon ein weiteres Argument in die enge Runde.

Das Geschrei von drinnen wurde lauter. Gleich einem schwerkriminellen Pennäler schnipste Gereon seine brandentflammte Sünde in den Schnee vor die Tür des Domizils, da brachen alle Dämme. Marvin riss die Tür auf, sprintete, von Anna dicht gefolgt, schreiend in den Vorraum, wo er heftig gegen den massiven Schuhschrank stieß und einfach umfiel. Anna sprang auf Marvin drauf, drückte ihm mit einer ausgefeilten Technik das Gesicht in einen Schuh, es folgten prompt so gut wie alle Elternteile zur Versammlung in das Vorzimmer hinein, so auch alle Kinder, welche schlagartig verstummten, als sie den Weihnachtsmann erblickten, mit der Kippe lässig auf der Lippe. Marvin wimmerte schwer würgend in den Schuh hinein, während Anna weiter drückte und nur ihre Beute fest im Blick hatte.

»Lass ihn los, du Miststück!«, schrie Marvins Vater Anna hilflos an, hockte hysterisch sich zu seinem Sohn, befreite seinen Kopf, sprach: »Marvin, da ist er ja! Der Weihnachtsmann, schau!« – dann erst blickte Anna auch zur Tür. Sie ließ sogleich von Marvin ab, ging sofort hin zum Weihnachtsmann und nahm ihn bei der Hand.

»Onkel Richard!«, strahlte sie ihn an. »Gut, dass du schon da bist, der Weihnachtsmann kommt auch noch gleich, er hat sich nur verfahren!«

Anna zog den Onkel fröhlich in das Wohnzimmer hinein, und ließ die restlichen Versammelten konfrontiert mit ihrem Trauma des Erwachsensein und -werdens schweigend hinter sich zurück.

*

Ein Trauma etwas angenehmerer Art hatte Anno sehr verstört, als er ungefähr neun Jahre alt gewesen war. Er stand bekleidet nur mit seiner Unterhose in der Umkleide einer günstigen Modekette und probierte verschiedene Hawaiihemden an, als es hektisch klopfte.

»Besetzt, hier ist jemand!«, rief er souverän.

Die Tür wurde dennoch aufgerissen. Die Lady war ungefähr Mitte dreißig, hochsommerlich gekleidet, ihr Dekolleté war mit feinen Schweißperlen gesäumt, deren Geschmack Anno sich als *zimtig* vorstellte.

»Entschuldigung, die anderen Kabinen sind zum Bersten voll.« Ihre Stimme bestätigte den Zimt, den Anno sich mit Zucker und mit Nudeln kombiniert zu seinem Lieblingsessen auserkoren hatte. »Kann ich hier mit rein?«

Mit einer erstaunlich selbstverständlichen Bewegung seiner Hand lud er sie in die Kabine ein. »Natürlich, bitte schön!«

Sofort hängte sie ihre Auswahl an den Haken, es waren nur BHs. Sie reichte ihm die Hand, stellte sich mit ihrem Namen vor:

»Matilda.«

Er ging den Pakt ein, nannte seinen Namen ebenfalls und berührte ihre Haut.

»Sie haben wirklich weiche Haut«, traute er sich, fast beiläufig, ihr direkt in die Augen zu beschreiben.

Anno war sehr darauf bedacht, solide zu wirken, doch sein junges Herz schlug wild. Matilda hatte bereits das Kleid ausgezogen, führte langsam ihre Hand zum Verschluss des türkisen BHs mit dem pink verzierten Rand, als sein Wecker klingelte.

Er benötigte einige Minuten verwirrt am Bettrand sitzend, um sich wiederholt zu fragen, was das denn, bitte schön, gerade gewesen sei.

In der Turnhalle stand er, durch seine dicken Brillengläser ins Leere blickend, mit seiner ganzen Aufmerksamkeit die Fortführung des Traumes suchend, unbeteiligt auf dem Feld herum. Über seinem rechten Auge klebte ein großer ovaler Aufkleber, wegen einer Entzündung. Plötzlich schreckte er auf, als sein Erzfeind Leo ihm »Hey, Pimmel!« zurief. Doch es war zu spät für eine Reaktion, Leos Volleyball fegte Anno blank die Brille von der Nase; der Hausmeister half ihm später beim Zusammenkleben.

Nun saß Anno mit geflickter Brille im Unterricht der dritten Stunde, überaus wütend. Frau Kowalski hatte sich überlegt, dass die Kinder die Stunde über mit Wasserfarben malen sollten, was auch immer ihnen einfalle, es sei ihr wurscht. Während der Stunde blätterte sie, nur von wenigen Vorkommnissen unterbrochen, in einem Versandkatalog.

Neben Anno saß Dominik, wohlgenährt und dennoch hungrig. Er trug einen grünen Pullunder über einem sorgfältig gebügelten Hemd. Hin und wieder rutschte ihm die Hand in seinen Ranzen, wo er sich die Tüte aus der Bäckerei so präpariert hatte, dass er jederzeit geräuschlos hineingreifen konnte, um sich ein Stück Käsebrötchen zu genehmigen. Sein Magen signalisierte ihm gut hörbar, dass es wieder an der Zeit sei. Das Brötchen hatte er sich vor der Stunde bereits in kleine Stücke gerissen und ausgerechnet, wie viele Minuten er zwischen seinen Häppchen würde warten müssen, um ja zum Ende dieser Stunde hin genügend zur Verfügung stehen zu haben. Die sechs Minuten vierzig waren um, was er mit einem raschen Blick auf seine Armbanduhr erfreut zur Kenntnis nahm. Abgedeckt führte Dominik die Leckerei in seiner Hand zum Mund, begann zu kauen. Sein Kiefer knackste immer dann, wenn er auf der rechten Seite kaute, keiner wusste warum; auch die Knirschschiene vermochte nicht zu helfen. Währenddessen versuchte Anno, den Wasserflakon mit dem unbeklebten Auge zu fixieren. Mit dem Pink war er fertig, jetzt müsste er seiner Impression nur noch das Türkis hinzufügen. Doch er hatte Schwierigkeiten mit dem Austunken des Pinsels.

Es klopfte. Der Katalog verschwand in der Schublade des Lehrertisches, Direktor Haase, mit zwei a, kam herein, begrüßte die Kinder, welche kleckernd antworteten, und ging direkt auf Annos Tisch zu. Oh nein, nicht schon wieder, dachte dieser, bevor der Direktor mit dem Schlüsselbund zu klimpern anfing.

»In der Turnhalle dieses Mal.« Anno wurde knallrot, alle kicherten. Direktor Haase bemerkte Annos Kunstwerk, der Büstenhalter war nicht zu verkennen.

»Hübsch!«, sprach der Haase, wendete sich seinem Abgang zu, legte aber einen Zwischenstopp am Pult von Frau Kowalski ein. Dominik pausierte kurz das Kauen, als der Direktor die Hand der Lehrerin berührte, Sybille lächelte verschämt, dann ging er weiter Richtung Tür.

Das Knacksen setzte wieder ein. Anno hatte seine Aufmerksamkeit ganz auf den Flakon gerichtet. Er kniff nun auch das sehende Auge zusammen, um womöglich konzentrierter mit dem Pinsel auf den Punkt der Öffnung zielen zu können. Abermals glitt er am schmalen Rand des Behälters ab, der Pinsel war von seinen zahllosen Versuchen bereits völlig ausgefranst. Anno begann flüsternd ein Gespräch.

»Der Jochen hat gesagt, mit einem Auge kann man räumlich nicht so gut sehen wie mit zwei. Im Grunde gar nicht.«

Dominik flüsterte zurück: »Wie viele Jahre musst du diese Kackpflaster eigentlich noch tragen?«

»Bestimmt zehn«, sprach Anno traurig.

»Oder hundert!«, versenkte Dominik die Pointe.

Dieses Spiel spielten sie sehr gerne: Übertreibungen. Beide kicherten. Die Lehrerin ermahnte viel zu scharf.

»Anno, Domino«, versprach sie sich und wiederholte:

»Anno, Dominik, letzte Verwarnung!«

Als wieder Ruhe eingekehrt war, sprach die dumpfe Lisa leise nach, was sie nicht glauben konnte, gerade gehört zu haben: »Sie hat den Dicken Domino genannt«, und kicherte sogleich. Frau Kowalski guillotinierte das aufbrausende Gefröhle, zog dann ihren Katalog wieder heraus.

Derweil hatte Anno schwer versucht, sich die Bedeutung dieser Zahl vorzustellen. Einhundert Jahre, so eine lange Zeit. Wahrscheinlich würden sie so lange gar nicht leben. Dann ließ er kurz vom Flakon ab, und es kam sehr unbedarft aus ihm heraus:

»Der Jochen sagt manchmal, dass er nicht mehr leben will.«

»Warum nennst du deinen Papa eigentlich Jochen?«

Anno versuchte, nicht darauf zu reagieren, doch sein ernsthaft interessierter Freund ergänzte, seine Mutter habe sich dies auch schon mal gefragt.

Oha, Anno war Teil der Gedankenwelt von Dominiks Mutter, dies überraschte und erfreute ihn zugleich. Eine Antwort blieb er Dominik noch schuldig, diese forderte sein Freund mit einem Kieferknacksen ein.

»Der Jochen hasst es, wenn ich Papa zu ihm sage.« Anno wendete sich wieder dem Flakon zu. Doch der Gedanke an das, was heute vorgefallen war, kam zu ihm zurück, während er mit seinem Pinsel weiter das Gefäß beditschte.

»Leo zielt immer aufs Gesicht.«

»Ich weiß«, bestätigte Dominik.

»Ich hasse ihn.«

»Ich weiß.«

In einem Anfall von lautloser Hysterie schlug Anno den Flakon vom Tisch, der flog geradewegs gegen die Wand, zerschellte dort mit einem lauten Knall. Das pinke Waschwasser zerlief auf den Gemälden der letzten Stunde, die dort zum Trocknen an die Wand getackert waren, darunter auch Lisas Lieblingsbild, bei dessen pink beflecktem Anblick sie in weinerliches Schreien verfiel. Anno und Dominik wurden des Klassenzimmers verwiesen. Nun saßen sie auf den quietschenden Stühlen davor, die Uhr an der Wand tickte, Dominiks Magen knurrte. Schweigend warteten sie das noch ferne Ende dieser Stunde ab. Da kam Direktor Haase um die Ecke, hielt einen Moment inne, schüttelte den Kopf, sprach mit ernsthafter Sympathie »Ihr beiden« und verschwand.

»Morgen ist Samstag«, tröstete der Freund Anno über die Situation hinweg. Dieser riss die Augen vor Freude so weit auf, dass sich sein Pflaster löste.

»Jetzt ist es abgegangen.«

»Warte, ich mach«, intervenierte Dominik, nahm seinem Freund die Brille ab und drückte vorsichtig das Pflaster wieder fest an seinen Platz.

★

Alle Jugendlichen standen auf, als Herr Kranich das Klassenzimmer der 6a betrat, nur Anna blieb sitzen. Dies bemerkte der Geschichts- und Sportlehrer nicht, viel zu sehr befand er sich in einem Zustand aufgeregter Vorfreude. Alle nahmen wieder Platz nach einer hochmotivierten Begrüßung, Herr Kranich war beliebt. Er griff mit kurzen Fingern nach dem Buch in seiner Ledertasche, hob es demonstrativ in die Höhe und ging neben seinen Tisch, wo sich der Papiereimer befand. Diesen hob er auf das Lehrerpult, das Buch hielt er weiterhin empor. Feierlich kündigte er das Thema des kommenden Halbjahres an, man könne nicht früh genug damit beginnen. Die Zeit sei endlich reif für Dreiunddreißig Fünfundvierzig.

»Oder anders formuliert: Die Zeit, über die rückblickend so gut wie alle Tatsachen verdreht wurden, und wir reißen dabei jeder Lügenfratze ihre Maske vom Gesicht!«

Annas junge Hand ballte sich zu einer Faust. Sie befand sich in der letzten Reihe mitten im Disput mit den Methoden, welche ihr die Therapeutin angetragen hatte. Sie war der Meinung, dass Annas Aggressionsattacken vielleicht gar nicht unabwendbar seien. Ein paar Mal solle sie doch überlegen, ruhig durchatmen und hinterfragen, ob die Notwendigkeit des Einlassens auf den Konflikt sich nicht womöglich als verzichtbar deuten lasse. Nein, da war sich Anna sicher. Trotz der Kompliziertheit dieser Formulierung schien ihr diese Aussage sehr dumm, wie sollte sie etwas vermeiden, das ohne einen Hauch von Zweifel durch ihren Verstand begründet war? Unabwendbar sei es jedes Mal gewesen; nur die Erwachsenen waren konsequent entgegengesetzter Meinung; Anna wurde einfach nicht verstanden.

Herr Kranich ließ das Geschichtsbuch fallen, doch verfehlte es die Öffnung des Papierkorbes. Nachdem er sich umständlich gebückt hatte, versuchte er es noch einmal, erfolgreich, zumindest in seinem individuell besorgten Sinn.

»Und jetzt ihr, einer nach dem anderen«, kam es spitz in den Klassenraum gerufen.

Anna hatte eine Entscheidung getroffen und beanspruchte das Ende der Schlange für sich, als die Schülerlinge sich zum Korb anstellten.

Ab da erinnerte sie sich an gar nichts mehr, Onkel Richard konnte noch so oft nachfragen. Unruhig saß er neben Anna vor dem Lehrerzimmer, verzweifelte nun vollends an der Entwicklung des Problems.

Der Lehrer habe den Verstand verloren und den Holocaust verleugnet, bat sie ihn ein letztes Mal um sein Verständnis, doch half es alles nichts; Anna ward erneut vertrieben.

*

»Mir ist langweilig!«, stieß Anno resignierend aus, als er abermals gegen die Wand fuhr. Sie saßen in Dominiks Kinderzimmer, vor dem Monitor mit dem Rennspiel lagen eine Chipstüte, Gummibärchen, eine Zitronen- sowie eine Orangenlimonadenflasche, beide in der Familiengröße von anderthalb Litern. Anno war das Pflaster unter seiner Brille endlich los. Er gab den Joystick ab an Dominik, der sich erst noch speichelige Chipskrümel von seinen Fingern an der Jeans abwischte, gierig große Schlucke aus der Limoflasche nahm, sich konzentriert die Hände dehnte, dann erfrischt ein Rennen neu begann.

Er war gut, er war sogar sehr gut, die erste Kurve hatte Dominik noch nie so elegant wie jetzt genommen. Anno war zwischenzeitlich durchs Zimmer gelaufen und hatte das Regal mit den unzähligen Schätzen in Augenschein genommen. Seine Aufmerksamkeit blieb an einem Papyrus mit ägyptischer Zeichnung haften.

»Ist das echt?«

Dominik schaute kurz rüber, sofort zurück zum Monitor, um den Anschluss bloß nicht zu verlieren. »Ja«, gab er abgelenkt zurück.

»Das ist bestimmt über sechstausendfünfhundert Jahre alt!«, staunte Anno.

»Tutanchamun ist 1323 vor Christus gestorben oder 1324, da streiten sich die Experten.«

»Wer?«

»Archäologen, Wissenschaftler.«

Das hätte er schon verstanden, Anno meinte, wer gestorben sei.

»Na, der auf dem Bild.«

Doch Anno war bereits bei der nächsten Station angelangt, einem Rennwagen samt Fernbedienung. »Geht der?«

Blitzschnell schaute Dominik erneut hin und wieder her. Der Wagen habe keine Batterien mehr, also nein.

Schade, meinte Anno, er habe das Gefährt im Fernseher gesehen, der Wagen sei unglaublich schnell gefahren. Dominik war nur mit halbem Hirn bei Annos Sache, stotterte mit kurzen Pausen zwischen abgehackten Worten, dass es hundertpro ein anderer gewesen sei. Anno beharrte, er habe tausendpro genauso ausgesehen. Dominik ging ins Pausenmenü, wendete sich der Frage zwar genervt, doch mit etwas mehr Konzentration zu.

»Zweitausendprozentig. Die haben Hunderte davon produziert.«

Kompromisslos beendete Dominik die Diskussion, es sei nie und nimmer der Gleiche gewesen. Das Spiel ging weiter, Anno öffnete die Schranktür und stand staunend da. Sieben Hemden, gleich dem, welches Dominik anhatte, hingen fein säuberlich gebügelt an der Stange, darunter die dazugehörigen Pullunder, auf Millimeter eng gefaltet.

»Die Inge bügelt nie«, flüsterte Anno.

»Ich lasse doch nicht meine Mutter für mich bügeln!«, gab beleidigt Dominik zurück, stotternd in den Monitor hinein.

»Ich ja auch nicht«, wusste Anno darauf nichts Besseres zu sagen.

Es klopfte an der Tür, Dominiks Mutter kam herein.

»Jungs, bitte …«, ermahnte sie inkonsequent antiautoritär.

»Frau Fellner, schön dass Sie noch wach sind. Guten Abend!«

»Gute Nacht wohl eher, Anno!«, korrigierte sie die abendliche Blüte. Strahlend schaute er sie an, so schön sagte niemand seinen Namen. Sie fuhr fort, Dominik wisse, was zu tun sei.

»Sowie ich fertig bin«, grätschte er dazwischen.

»Zähneputzen nicht vergessen!«, sagte sie im Abgang, nur noch mal zur Sicherheit. Frau Fellner hielt inne, drehte sich zu Anno.

»Sag bitte Matilda zu mir und nicht Frau Fellner, das klingt so alt.«

Das junge Herz schlug schneller.

»Sie sind doch gar nicht alt. Der Name ist sehr schön und passt zu Ihnen, Frau Matilda.«

Sie musste lächeln, obgleich sie sehr verwundert war, wie früh es bei der Jugend heutzutage losging.

Dominik war ebenfalls verwirrt, seine Augen rollten vom seltsamen Gespräch entzogen fort vom Monitor flink hin zu seinem Freund, wohin sie um des guten Rennens Willen niemals hätten wandern dürfen. Der Wagen rammte durch die Kurve, knallte vor dem Ziel in eine Wand. Dominik erboste sich, er schnaubte dabei wild und zeigte bohrend auf Matilda:

»Jetzt hat sie endlich, was sie wollte!«

*

Anna stand kurz vor dem Anlauf an der Bowlingbahn, mit der Kugel in der Hand. Diese führte sie vors Gesicht, dahinter ihre großen Augen unter ihrer Brille, zu stark und nicht ganz stilvoll geschminkt. Sie war sehr aufgeregt. Die Kugel rollte, landete sofort in der Seitenrinne. Aus der Gruppe hinter ihr schauten jedes Mal die Typen lachend dabei zu, wie sie versagte. Nach dem zweiten, ebenfalls misslungenen Wurf setzte sie sich auf die Bank zu einem glattgeleckten Typen, während der nächste der fünf anderen Gorillas an der Reihe war. Leo war sein Name, und er hatte gleich einen kecken Spruch auf Lager:

»Pech im Spiel, Glück im Bett! Geil!« Mit dem Satz schlängelte er lässig seinen definierten Arm um sie.

Anna lachte, errötete vernebelt von den Worten. Sie ergriff mit beiden Händen Leos Bierglas, hielt es nah vor ihr Gesicht, um die Röte abzudecken, trank betont einen souveränen Schluck.

»Anna!«, rief es gleich über den Tresen, ob sie bitte kurz kommen könne. Sie verdrehte ihre Augen, schlurfte hin.

»Bier ist nicht«, sprach Onkel Richard ungelenk erziehend, während er die Weizengläser trocknete. Ganz Leos Lässigkeit imitierend fläzte sie sich auf den Hocker, beugte sich über den Tresen.

»Du bist nicht mein Vater!«, kam es mit geballtem Widerstand florierender Pubertät zurück. War er doch, ohne den weihnachtlichen Bart war es nicht zu leugnen.

Eine Unverschämtheit, dachte er, dieses Thema gerade jetzt als Waffe einzusetzen. Wirklich offen hatten sie darüber nie gesprochen.

»Wie auch immer. Ich verliere meinen Job, wenn jemand mitkriegt, wie sich eine Vierzehnjährige die Birne wegballert.«

»Mit einem Schluck?«

»Ja, mit einem Schluck.«

»Glaubst du, ich merke nicht, dass es alkoholfrei ist?«

Nach zwei stummen Anläufen erwähnte er ertappt, auch in alkoholfreiem Bier sei Alkohol vorhanden, wenngleich in nur geringen Mengen. Schließlich erkundigte sich Richard zähneknirschend nach dem Namen.

»Leo, warum?«

»Ich werde Leo das Gesicht zertrümmern, wenn er noch einmal die Tentakel um dich legt.«

Anna antwortete, er solle sich mal besser dran gewöhnen.

Der hormongetränkte Chor der Bande setzte ein, unisono ihren Namen rufend. Sie ging zurück zur Bahn, warf die Kugel ohne jegliche Konzentration, und fegte alle Kegel blank vom Feld. Sie konnte es nicht glauben. Als sie sich umdrehte, um ihren Triumph zu feiern, bemerkte sie, dass niemand außer Onkel Richard ihren Wurf gesehen hatte. Ihre Faust kitzelte unweigerlich; und das mit Leo, das löste sich schon bald ganz von alleine.

*

Frau Finkmann zeichnete mit Kreide eine Kurve ins Koordinatensystem an der Tafel, ihr Handschwung quietschte wild. Sie pflegte ein sehr blumiges Parfum zu tragen, alle waren leicht betäubt. Seit Dominik sich getraut hatte, in der ersten Stunde anzumerken: »Bloß weil es so billig ist, muss man ja nicht gleich die ganze Flasche nehmen!«, hat sie deutlich weniger versprüht, doch es war noch immer über alle Maßen. Sie erklärte, wie man im Koordinatensystem die Steigung eines bestimmten Punktes auf einer Kurve berechnete. Anno begriff gar nichts, während Dominik es gar nicht erst versuchte. Er beugte sich stattdessen zu seiner Tonne, die zwischen beiden Freunden stramm am Boden lag. Dieses Mal führte Dominik jedoch nichts zu seinem Mund, seine Finger tippten kurz an Annos Oberschenkel, dieser schreckte auf, als er das Heftchen in der gespreizten Tasche erblickte; die Brüste auf der Titelseite waren riesig. Anno schaute fassungslos durch seine Brille hin zu Dominik, dieser hob nur zweimal frech die Brauen. Als Anno wieder zurück zur Tafel schaute, war Frau Finkmann nicht mehr an ihrem ursprünglichen Platz.

»Welche Steigung hat der Punkt auf unserer Kurve, Anno?«, erklang es streng hinter beider Rücken, während ihre Lehrerin das Heftchen an sich nahm. Alle lachten, bis auf Anno, dessen Brille noch dazu sehr stark beschlug.

*

Die bebrillte Anna saß auf der Steintreppe des neuen Schulhofs, mit den Resten einer misslungenen Haarfärbung auf dem Kopf. Neben ihr wimmerte ein junges Mädchen, ihre strubbeligen Haare vermischten sich mit dem Rotz der pubertären Emotion, sie weinte seit einer halben Ewigkeit. Anna hatte ihren Arm sanft um sie gelegt, wie vertraute Freunde es bisweilen untereinander tun. Der Unterricht lief noch, niemand anderes war zugegen. Das Mädchen kam zur Ruhe, dann brauste es von neuem heftig auf, verebbte schließlich, als die Pausenklingel schellte. Anna zog ihren Arm wieder zurück. »Wie heißt du?«, fragte Anna sachlich. Sie hieße Emmi, aber Anna könne gerne Emma sagen. Emma bedankte sich, fragte sogleich nach, ob Anna heut mit ihr ins Kino gehe. Sie gehe so oder so, *Summercamp* liefe um sechzehn Uhr im Off-Zentral.

Anna war erstaunt, was sie ihren Mund hatte sprechen hören, denn sie willigte, ohne etwas einzuwenden, ein.

Die ersten Schülerlinge traten auf den Schulhof. In der herausströmenden Menge befand sich Anno, der seinem Freund aufgeregt die Richtung zeigte, in der sich sein »Sonnenschein«, wie er sie nannte, in dieser Pause aufhielt. Noch nie hatte er mit ihr gesprochen, sie immer nur die Pausen hindurch angeschaut. Anno stellte sich mit Dominik hinter den stillgelegten Brunnen, von wo er sie gut sehen konnte.

»Na, ihr Pimmel«, drängte Leo sich dazwischen, von den beiden ignoriert, doch der Erzfeind folgte Annos Blick zur Treppe nach, bis er lächelnd registrierte, wohin dieser durch die Brille schaute. Leo hatte nun die eine Kerbe, in die er seine Axt versenken konnte: »Kann ich sehr empfehlen, die Kleine!«

Anno hatte sich noch nie geprügelt, doch diese Aussage schien ihm wert genug, es zum ersten Mal zumindest zu versuchen.

*

Der süßliche Duft eines blühenden Strauchs im Garten drang durch das gekippte Fenster des Altenheims in das Zimmer von Wolfram Döring, vermischte sich mit dem scharfen Geruch der Reinigungsmittel. Herr Döring war seit einem Unfall vom Hals herab gelähmt, und wenn nicht gerade jemand zu Besuch war, so verbrachte er die Zeit damit, das lokale Radioprogramm als Nahrung seiner Phantasie sich zu servieren. Soeben wurde eine Straßensperre wegen der Demonstration gegen gutmeinende Menschen angekündigt – in Gedanken lief Herr Döring mit, er befragte einzelne Demonstranten, warum sie sich durch diese dumme Formulierung selbst degradieren würden, doch die Antworten hatten selten einen Mehrwert. Er löschte, ein anderes Mal, in Gedanken Brände an der Seite schöner Frauen von der Feuerwehr, stellte sich wach träumend vor, welche Geschichten hinter manchen Meldungen vom Sprecher unerzählt geblieben waren, und er war sogar imstande, manch eine Tragödie heldenhaft im Vorfeld zu verhindern, alleine durch die Kraft seiner Gedanken. Oft war er aber nicht allein. Herr Döring war beliebt, und so kamen viele Bewohner der Stätte St. Johannes gern auf einen Plausch vorbei. Sie genossen sehr seine aufmerksamen Fragen, die oft schweren Schutt mit Leichtigkeit beiseiteräumten, worunter bald verlorene Erinnerungen müde Augen strahlen ließen; sofern sich die Besucher überhaupt an irgendwas erinnern konnten.

Bei Erna hörte er auch gerne öfter zu, wie sie im Urlaub damals einen Schuh im Meer verlor. Den einen Tag war es der linke, den anderen war es nun einmal der rechte, doch Herr Döring wollte sie nicht korrigieren. Dass Erna an jenem Tag aber auch das Leben ihrer Tochter an die See verlor – das hatte sie vergessen, und den Schutt darüber hätte Döring sicher unberührt gelassen, hätte er davon gewusst.

Nun aber wurde er aus der vorgestellten Prügelei auf der Demonstration in die Realität zurückgerissen.

Herrmann, der für sein Alter bemerkenswert vitale Nachbar aus dem Zimmer gegenüber, rannte über den Flur an Dörings Bett, hob stramm den Arm und grüßte mit »Heil Hitler!«

Vor Jahren, als Herrmann eingezogen war, hatte er beim Vorstellungsantritt verärgert den gelähmten Arm von Herrn Döring in die Höhe gerissen, ihn wütend angeschrien, »Der Arm muss oben bleiben!«, als er wieder herunterfiel. Über die Dekade hatten sie sich aber miteinander arrangiert, es blieb nichts anderes übrig.

Herr Döring grüßte nun auf seine Art zurück, entschuldigte sich rasch dafür, den Arm nicht ebenfalls zu heben, noch bevor sein Gast sich neu darüber echauffieren konnte; und nur die Lüge, dass es eine Kriegsverletzung sei, konnte ihn beschwichtigen. Herrmann plusterte sich auf.

»Diese Schweine!«

Doch Herr Döring hatte heute keine Lust auf ein Gespräch.

»Herrmann, der Führer will dich sprechen, er erwartet dich in der Kantine.«

So schnell konnte Herr Döring seine Augen gar nicht wenden, wie Herrmann aus dem Raum geschossen war. Sein Blick erreichte die Tür erst, als dieser gegen Anno prallte, ihm durch seinen Schwung den Pferdeschwanz um beide Augen peitschen ließ, die Brille flog zu Boden.

»Der Typ macht mich fertig«, sprach Anno seufzend aus, während er sich nach der Brille bückte.

»Es sind nur noch drei Monate, mein Mädchen!«, gab Döring ihm mit einem Ton leichten Bedauerns zurück.

Herrn Döring würde er vermissen, den Zivildienst jedoch sicher nicht.

»Also ich freue mich, wenn du mich hier und da besuchen kommst!«

Herr Döring lächelte Anno so lange geduldig an, bis dieser schließlich fragte, was denn der Grund für dieses Schmunzeln sei.

»Hör nur hin, gleich kommt die Ankündigung!«

Und schon sprach der Moderator von einem sinfonischen Konzert am nächsten Abend, wofür noch Karten zu bekommen seien. Anno nickte ahnungslos, er wusste zwar, dass Herr Döring früher als Cellist im städtischen Orchester angestellt gewesen war, doch den Zusammenhang zur Freude über diese Meldung konnte er sich nicht erschließen. Also erbat sich Anno eine tiefere Erklärung durch das Zucken seiner Schultern.

Der Grund sei ein Junge, der sein sozial-ethisches Praktikum der zehnten Klasse abzuhalten hatte und vom Heimleiter Herrn Döring zugeteilt worden war. Sie hätten sich, trotz der Kürze der Bekanntschaft, tief angefreundet, und diesen Morgen habe Döring eine schöne Mitteilung erreicht, obwohl er lange nicht mehr dachte, jemals eine solche freudenvolle noch zu hören. Mit großem Aufwand habe dieser Junge eine Spinnerei unerwartet ernst genommen, habe wild organisiert, um einen Ausflug in die Generalprobe des morgigen Konzerts zu planen, sei sogar durch alle Zimmer dieses Heims gegangen, um für den Transport bei Dörings Freunden um ein wenig Kleingeld anzuhalten. Dies habe er ganz still und heimlich, mit der strengen Bitte um Verschwiegenheit getan, um ja die Überraschung zu bewahren. Doch Herrmann verplapperte sich ungeschickt und hinterließ Herrn Döring doppelt sprachlos, einerseits ob Herrmanns Fähigkeit, sich daran zu erinnern, zum anderen jener schönen Botschaft wegen, die sogar Herrmanns Herz erweichen ließ; gab er doch nicht weniger dem Topf dazu als ganze einundzwanzig Münzen. Anno hätte nie vermutet, dass solch eine rührende Geschichte hinter seiner Dienstanweisung stünde, Herrn Döring am nächsten Morgen zum Transport vorzubereiten.

Nun freute sich Herr Döring wie ein Kind auf den wunderbaren Abschluss dieses Praktikums; ein ernster Blick schob sich unter das milde Lächeln seiner Züge, verschwand jedoch genauso rasch, wie er auch gekommen war. Heute, so entschied er sich, gewinne die Vorfreude gegen die immerwährende Gewissheit seiner ihm verbleibenden Zeit, gegen die Konstante, dass dem schönen Augenblick sogleich ein schwerer Abschied folge.

Ein Gewitter läutete den nächsten Morgen ein. Herr Döring saß bereits in seinem Rollstuhl, sein altes Hochzeitssakko hing ein wenig schief an seinem Körper und war von den Versuchen, es sich anziehen zu lassen, stark verknittert, ebenso das Hemd, welches unter eine Decke gestopft war, die auf Dörings Beinen lag. Nun rächte sich die Müdigkeit, nicht einen Augenblick geruht zu haben, Dörings Augen fielen zu. Anno band sich umständlich eine Krawatte, angeleitet vom Tutorial auf seinem Handy, der dritte Versuch gelang zumindest halb zufriedenstellend. Er quetschte seinen Kopf samt Pferdeschwanz und

Brille durch die viel zu enge Schlaufe, stülpte sie Herrn Döring über, ließ aber erschrocken los, als Herrmann einmarschierte.

»Heil Hitler!«

Herr Döring grüßte ihn zurück, die Krawatte hing ihm schief über beide Augen: »Herrmann, guten Morgen! Entschuldige, dass ich den Arm nicht heben kann, es ist wegen einer alten Kriegsverletzung.«

»Diese Schweine!«, stieß Herrmann wütend aus, beugte sich hinunter und zog Herrn Döring die Krawatte fest an ihren Platz, wendete sich Anno zu, hob den Arm und wiederholte seinen Gruß.

»Heil Hitler!«

»Sicher nicht!«

»Verräter!«, schrie Herrmann laut heraus, dass es krachend hallte. »Man sieht sich immer zwei Mal!«

Ein hilfloses »Zu eng!« zwängte sich durch das Gebrüll, Anno sprang sogleich an Dörings Hals und weitete den Knoten.

»Verschwinde jetzt!«, befahl Anno Herrmann ohne jede Hoffnung, dass dieser dem Verweis auch Folge leisten würde. Herr Döring sprang ihm unterstützend gleich zur Seite, als sich sein Atem wieder eingepegelt hatte.

»Herrmann, der Führer wartet auf dich in der Kantine.«

Herrmann schoss wild aus dem Zimmer. Anno strafte Döring nun mit einem seiner strengsten Blicke, »Das geht nicht, Wolfram!«, jetzt würde er ihm folgen müssen, um in der Kantine die bevorstehende Eskalation zu unterbinden.

»Gönnst du mir denn wirklich gar nichts?«

»Ich bin es, der ihn wieder einzufangen hat.«

»Bis gleich, mein Mädchen!«, sprach Döring friedvoll

aus, Anno krempelte die Ärmel hoch und ging widerwillig aus dem Zimmer.

Die beruhigenden Geräusche vieler Regentropfen krallten sich durch das gekippte Fenster fest an Dörings Augenlider, er schlummerte sanft weg und ward erst wieder geweckt, als Anna zu ihm sprach.

»Guten Morgen, Herr Döring.«

»Guten Morgen, mein Junge!«

Am Anfang des Praktikums hatte es Anna sehr genervt, von diesem Chauvinisten aufgrund ihrer kurzrasierten Haare so genannt zu werden, mittlerweile ward ein Schmunzeln das Erkennungszeichen ihres wohlgesonnenen Bandes, sie lächelten sich an. Anna deutete, wie jedes Mal bei diesem Spiel, mit ihren Zeigefingern bloß auf ihre Brüste, Döring freute es, und treu der jungen Tradition sprach er auch dieses Mal: »Nur Jungen tragen kurze Haare!«

Anna nickte. »Bereit für die große Reise?«

»Vollkommen bereit. Wie sehe ich aus?«

»Dem Anlass angemessen!«

Anna lief um Dörings Rollstuhl, um zu sehen, welche Bremsen sie zu lösen hatte. Herr Döring entschied sich plötzlich, den geschätzten Gast an seiner früher oft geträumten Phantasie teilhaben zu lassen. Als er damals in Konzerten vom Bühnenrand die Zuschauer betrachtete, hatte er sich sehr oft vorgestellt, wie er die prüde Spießermenge tief verschrecken würde, indem er nackt durch ihre Reihen flitzt. Schließlich sollte ein Konzert belebend wirken, nicht narkotisierend, um den alten Künsten nicht durch geistlose Anwesenheit allein die Ehre zu erweisen. Eine Augenbraue hob sich hinter ihrer Brille, Anna wusste nicht so recht, was mit dieser Info anzufangen sei; sie war noch niemals in Konzerten solcher Art gewesen, bedankte sich dann aber doch bei ihm für sein Vertrauen.

»Oh, das Beste kommt noch!«, flüsterte Herr Döring. »Ich trage heute keine Hose!«

»Nein, das glaube ich nicht!«, empörte Anna sich gespielt, beantwortet von seinem Zwinkern. »Na los, schau nach!«

Das ließ sie sich nicht zweimal sagen, Anna schaute sogleich unter seiner Decke nach, indem sie an den Schuhen einen Zipfel lupfte. Um den Bund der knielangen Strümpfe kringelten sich die Haare seiner nackten Beine, ohne dass ein Hosenstoff den Übergang zu seiner Windel überdeckte.

»Herr Döring!«, lachten sie gemeinsam, doch lachten sie nur kurz, denn Herrmann schoss zurück ins Zimmer, schrie: »Der Führer ist nicht auffindbar!«

Als Herrmann seinen Arm bedrohlich hob, um Anna mit »Heil Hitler« zu begrüßen, schlug sie volle Kanne zu. Herrmann fiel sofort zu Boden, Döring fing laut an zu lachen, obwohl er sich zur gleichen Zeit auch ein wenig dafür schämte, und konnte sich die nächsten Augenblicke nicht beruhigen, in denen Anna regungslos auf den ausgeknockten Herrmann starrte.

Anno hatte Herrmanns Vorsprung derweil aufgeholt und rannte, nachdem er sich vom harten Schlage seines Hinterkopfs zurückbesonnen hatte, mit gebrochener Nase diesem in das Zimmer hinterher, hielt sich beide Hände vors Gesicht, um nicht alles vollzubluten.

Er erkannte Anna gleich, obwohl sein Brillenglas zersprungen war. Jeder Tropfen Flüssigkeit in seinem Kopf fiel ihm augenblicklich in die Beine, die Blutung war sofort gestillt.

»Der Junge hat einen harten rechten Haken«, lachte Döring weiter heftig aus. Als er schließlich sich beruhigt hatte, ging es gleich von Neuem los, denn er erkannte Annos ramponierten Zustand.

»Herrmann aber auch!«, sprach er durchaus auch besorgt in Annos Richtung, doch dieser hörte nichts, er starrte durch kaputte, beschlagene Gläser stumm auf seine Anna, deren Blicke weiterhin auf dem Opfer ihres Schlags verblieben.

»Mein Mädchen, das ist der Junge, von dem ich sprach, ihr habt euch immer knapp verpasst.«

Anno sagte leise »Hallo«, das allererste Wort, das er jemals zu ihr sprach, doch Anna reagierte nicht. Er sprach es viel zu leise, noch dazu in seine Hände aus, die er vergessen hatte abzusenken, somit verblieb er unerkannt – doch auch sonst, da war er sich im Grunde sicher, würde sie ihn nicht erkennen.

Herrmann wachte auf, erhob sich und stand sofort stramm da. »Was ist passiert?«

Döring wurde ernst und sprach: »Der Führer hat dir ins Gesicht geschlagen.«

»Was?«

»Er hat gesagt, es ist vorbei mit euch.«

Herrmann war besiegt. Schmerzverzerrt suchte er nach seiner Fassung, sprach dann zärtlichst aus: »Er ist doch alles, was ich habe!«

Anna war beruhigt, dass Herrmann wieder auferstand, blickte dann erst zum verletzten Anno.

»Schlimm?«

»Nein, nicht mal gemerkt!«, schoss er ihr immer noch betäubt und viel zu laut durch die Flächen seiner Hand zurück.

Herrmann wiederum fand eine andere Umschreibung, um seinem Leid Ausdruck zu verleihen.

»Ohne meinen Führer hat das Leben keinen Sinn.«

Anna unterbrach, alle seien noch am Leben, also sei es schleunigst an der Zeit, sich auf die Reise zu begeben. »Wir sind schon fast zu spät!«, sprach sie eilig aus und schob Herrn Döring ungeübt an den Verletzten eng vorbei. Anno öffnete den Fächer seiner Hände, als ihr Schattenwind an ihm vorüberzog. Er konnte leider hinter seiner Schwellung nur erahnen, ob sie der gleiche Duft umwehte wie damals an den Enden vieler Pausen, als er sich in der einströmenden Schülermasse dicht an Anna drängte, um ihren Hauch tief einzuatmen.

»Mach das nicht!«, hatte Dominik bei dieser Geste seinen Freund oft in den Arm gestoßen, doch dieser hatte damals keine Scham, auch wenn es dem einen oder anderen unheimlich vorkam.

Nun war Anno ganz verschämt allein mit seinem Feind in atemloser Stille, als Herrmann stark verwirrt die Bitte um den Gang ins Krankenhaus eröffnete.

»Mein Kopf tut furchtbar weh – was ist passiert?«

Die Orchestermusiker hatten ihre Plätze bereits eingenommen, als Anna mit Herrn Döring das Foyer der Stadthalle betrat. Ein Chaos wilder Klänge begleitete die beiden von der Eingangstür bis in den Aufzug. Als dessen Türen schlossen, fragte Anna wertend nach, ob das etwa klassische Musik gewesen sei. Döring lachte aufgedreht und erklärte ihr sogleich, so würde es bloß klingen, wenn alle Musiker für sich noch schnell die eine schwere Stelle übten, an der sie im Zusammenspiel befürchteten, sich vom Dirigenten Schelte einzufangen.

»Die Hausaufgaben nicht gemacht, und jetzt noch schnell was kritzeln«, lachte er in scheinbar bester Laune, Anna lachte ebenfalls, dem Vergleich konnte sie gut folgen.

Auf der Hinfahrt war Herr Döring sehr aufgeregt gewesen, er sprach in einem durch und scherzte, dass er seine Nerven hoffentlich behalten werde. Das letzte Mal hatte er diesen Saal vor mehr als zwanzig Jahren betreten, nun wurde er geschoben. Das Klangkonstrukt erschallte klar, als sie die Schwelle aus dem Fahrstuhl in den Saal passierten, einzelne Musiker schauten von den Notenblättern hin zur jungen Frau am Eingang, die einen Rollstuhl vor sich herschob, in dem zwischen Schläuchen und Elektrik ein kleines Menschlein krumm zurück zu ihnen schaute.

Still bat er Anna, ihn nicht weiter in den Saal zu fahren; er wollte nicht zu weit nach vorne, um den Fokus ehemaliger Kollegen nicht allzu sehr auf sich zu richten. Anna stellte im Gang der letzten Reihe vor den Stufen beide Bremsen fest, fragte, ob er in Ordnung sei, dabei setzte sie sich neben ihn.

»Zwanzig Jahre, und ich erkenne niemanden.«

Anna wusste nichts darauf zu sagen.

Auf der Bühne wurde es nun still. Die Konzertmeisterin stand auf, um vom Oboenton die Stimmung abzunehmen, gab diese weiter ans Orchester, es brauste mächtig auf, alle passten sich gemeinsam ihre Stimmung an, die Tonwand neigte sich der Konsonanz entgegen, bis der Klang plötzlich verstummte.

Der Dirigent kam aus der Gasse vors Orchester, bat sich windend vielmals um Entschuldigung, der Ring sei eine Katastrophe.

»Eine Baustelle nach der anderen!« Man lachte höflich im Orchester, vereinzelt hörte man auch Stimmen, die diesen Satz bestätigten, nur einer traute sich zu rebellieren.

»Muss man eben früher losfahren!« Igor hatte immer schon mehr Mut als andere, zwei Mal wurde er in seiner Laufbahn bereits abgemahnt, dieses Mal verblieb es ohne Konsequenz, vom strengen Blick mal abgesehen.

Dann drehte sich der Dirigent entgegen der Gewohnheit hin zum Saal und hob die Stimme an, um Herrn Döring zu begrüßen.

»Herzlich willkommen zurück, Herr Dröhning!«

Diesem stockte der Atem. Es war ihm höchst unangenehm, solch eine Beachtung zu bekommen, am liebsten wäre er augenblicklich unsichtbar geworden.

Der Maestro drehte sich halb zum Orchester und fuhr fort.

»Den jüngeren Kollegen wird Herr Dröhning kein Begriff mehr sein, er war lange Jahre Solocellist in unserem Orchester.«

Die Cellistin, die seine Stelle übernommen hatte, senkte ihren Blick hinunter auf ihr Instrument; natürlich hatte sie von ihm gehört, wie auch jeder andere in diesem Raum. Dann kam die Ansprache doch schneller an ihr Ende, als von diesem redefreudigen Maestro zu erwarten war, er schloss mit einer seichten Pointe.

»Seien Sie nicht zu streng mit ihrem Urteil, Herr Dröhning. Die Kollegen lernen noch!« Ein Kontrabassist hustete, er hatte sich verschluckt. Der Dirigent kehrte dem Zuschauerraum den Rücken zu, gab vereinzelt unnötige Anweisung zum Ablauf dieser Probe.

»Valse Triste, Sibelius!«

Er klopfte daraufhin mit seinem Taktstock an das Pult; alle nahmen ihre Haltung ein, um mit der Probe zu beginnen.

Ein Klang von einer Wärme, welche Anna so noch nie gehört, setzte ein mit einer Kraft, dass sie zu atmen fast vergaß. Ihre Empfindung wurde angestoßen von den Bässen tief in ihrem Bauch, fortbewegt in eine Richtung, die sie vorher nicht einmal erahnt.

Herr Döring schaute ebenfalls entrückt, doch weit in eine andere Richtung tief erschütterter Melancholie. Sein Puls beschleunigte sich zur Musik, seine Sinne wurden fortgespült aus dem Bewusstsein, das mit einem Mal nicht mehr ans Jetzt gebunden war. Er schaute auf die Bühne, sah sich selbst vor einer Ewigkeit dort oben sitzen, betrachtete von Weitem die Bewegung seiner Hände, spürte das Gefühl in seinem Körper, eingehüllt in einen Mantel aus Musik. Herr Döring hörte keinen Ton mehr, welchen die Kollegen in der Probe von sich gaben; er hörte nur mehr die Begeisterung des ausverkauften Saals, sah an seinem letzten Abend sich verbeugen, wie er den Blick beim Schlussapplaus durch die vollen Reihen schweifen ließ, er schließlich seine Frau erblickte, die genau von dort aus der Entfernung zu ihm schaute, wo jetzt Anna eng an seiner Seite saß.

Er lächelte zurück, sah sich abgehen von der Bühne, als das Klatschen bald verebbte. Niemals sonst hatte er den

Weg am Bühnenrand entlang genommen, nur an diesem einen Abend.

Anna schaute zu Herrn Döring, der aggressiv begann zu fluchen.

»Nein, Idiot, nein!«

»Bitte was, Herr Döring?«

Doch er reagierte nicht, er sah sich selbst nur immer weiter schreiten, tief in die Vergangenheit entrückt, nah am Bühnenrand, das Cello fest in seiner Hand. Vor ihm kokettierte ein Bratschist mit seiner Nachbarin, er machte eine schwungvolle Bewegung mit dem Bogen. Döring war gezwungen, sein Instrument davor zu wahren, setzte einen Schritt zurück, doch er trat ins Leere. Sein Cello fiel zertrümmernd aufs Parkett, im Fallen schloss er beide Augen, als seine Welt sich neigte, riss sie wieder auf, als die sonst so sanfte Stimme seiner Frau die Luft zerschneidend anfing, laut zu schreien; sein Blick traf sie in all beider Verzweiflung, während keine Hand des Publikums sich traute, seinen Kopf aus dem Geländer zu befreien.

Die ganze Zeit über hatte Anna Herrn Döring sorgenvoll betrachtet, er spürte ihren Blick an seiner Seite. Soweit er konnte, drehte er den Kopf nach links und schaute Anna direkt in die Augen.

»Maria!«

Anna erschauderte. Er blickte tief durch Annas Angesicht in das Antlitz seiner Frau, unhörbar leise bat er um Vergebung allen Unglücks, das er ihr gebracht. Er schaute, lächelte so strahlend, wie es ihm noch möglich war, seine Frau lächelte liebevoll zurück, er nahm Marias Hand und drückte sie so fest er konnte.

»Mein Schatz, können wir nach Hause gehen?«

Entsetzt starrte Anna zu Herrn Döring. Sie brachte keinen Laut aus dem irren Knotenschmerz in ihrem Hals heraus. Sofort erhob sie sich, als die Gewissheit ihr Gewissen strafte, aus guter Absicht einen Freund verletzt zu haben. Darauf war sie nicht gefasst gewesen.

Das Musikstück war fast überwunden, doch bevor der letzte Ton verstummte, flüsterten Kollegen bereits störend in den letzten Streicherklang hinein, denn Anna und Herr Döring waren schon verschwunden.

»Heil Hitler!«, begrüßte Herrmann auf dem Heimweg von der Notaufnahme freudig eine Menschentraube an der Haltestelle vor dem Altenheim, marschierte, um sich keine einzufangen, ohne eine Antwort abzuwarten, durch den Haupteingang in das Gebäude flink hinein. Perplex schaute ihm die Menge nach, als ein Bus zum Halten kam und zischend seine Türen öffnete. Anno rannte um die Ecke und bat die Menschen vielmals um Entschuldigung, das Sprechen fiel ihm sichtlich schwer; das Pflasterlabyrinth mit Brille verschreckte die Erstarrten fast noch mehr als die verbotene Begrüßung.

»Was ist jetzt?«, trieb der Busfahrer die Passagiere ungeduldig an. Als alle schließlich eingestiegen waren und sich das Gefährt aus Annos Sichtfeld schob, fiel sein Blick sogleich auf Anna, die, auf ihrem Handy tippend, rauchend vor der Eingangstüre stand. Anno stellte nah sich neben sie und zündete sich ebenfalls eine Zigarette an. Nach langer Anlaufpause wagte er zu fragen: »Wie war es?«, doch Anna nahm in dem Moment Emmas Anruf an, den sie lange schon erwartete. Eine Katastrophe sei es gewesen, fing sie sofort an von der missglückten Reise zu erzählen, sie habe ihn kaputt gemacht, kein Wort habe er gesprochen seit der Rückkehr, sie fühle sich ganz furchtbar, und wie schlecht müsse es Herrn Döring erst dabei ergehen.

»Kann ich zu dir kommen?«, hörte Anno Anna weiter in den Hörer sagen. »Ich liebe dich auch«, sprach sie aus nach einer Pause, und da Anno außerhalb der Kenntnis war, wem diese Worte galten, freute es ihn unter einem insgeheimen Schmerz, dass da jemand war, der diesem wunderbaren Wesen auffangend zur Seite stand. Doch viel lieber wäre er es selbst gewesen.

*

Und so verging ein Mosaik der Zeit mit dem Erlebten, es meißelte sich sachte aus dem Frühling eine Form heraus, und aus beiden wurde eine jeweilige Seele, die im Charakter uneben und spröde auf die ergänzende Vollkommenheit eines Gegenstücks zu hoffen wagte.

Anna stürzte sich bei jeder Gabelung von Neuem in das Unbekannte, sie liebte, litt und lernte, so wie auch Anno sich bei jeder Zweigung liebend, leidend und auch lernend in eine ungewisse Zukunft ziehen ließ.

Die Zeit verging, zum Ende ihres Frühlings trugen sie die ersten Freunde und Verwandten schon zu Grabe, die ersten Träume legten sie den Toten mit dazu, als sie die Schwere des Gewichts unerfüllter Wünsche weiter nicht mehr tragen konnten.

Nun waren sie schon fast Erwachsene, zwei suchende Gestalten, ohne Sinn zu einer Richtung, ohne eine Ahnung der Bestimmung, die sie im Sommer ihres Lebens füreinander finden werden würden.

III.

Sommer

Der siebenundzwanzigjährige Anno saß im Wartezimmer einer Augenlaserpraxis. Sein Kopf war um die Augen herum großzügig bandagiert, nicht der Hauch eines Lichtstrahls drang durch den Mull, als es neben ihm blubberte. Der Wasserspender mit den kegelförmigen Papierbechern rülpste von Zeit zu Zeit. Die Empfangsassistentin kam vom Tresen zurück. Irritierenderweise begann sie, ihm zuzuflüstern.

»Aus schulmedizinischer Sicht ist das Tragen des Verbandes nach einem solchen Eingriff nicht wirklich notwendig, für den Fall, dass ...«

Anno nickte dankbar ablehnend. Er wolle sich nicht um die Chance bringen, die vom Herrn Doktor versprochene Erleuchtung am nächsten Morgen erst, dafür aber umso intensiver zu erleben, dies habe er sogar versprechen müssen. Anno hörte, wie die Dame genervt ausatmete. Sie sprach nun laut und übergab ihm einen Post-it-Zettel mit Notizen: »Also, Donnerstag, wieder um 15:20 Uhr bitte zur Nachkontrolle. Soll ich Ihnen wirklich kein Taxi rufen?«

Anno bedankte sich, dies sei sehr freundlich, wenngleich unnötig. Sein Abholer verspäte sich immer nur gering, deshalb sitze er einfach nur da und lasse das Gemälde auf sich wirken, dabei deutete er mit dem Finger darauf. Bevor er in das Laserzimmer gegangen war, hatte er das Bild sich zwar gemerkt, es aber räumlich falsch gespeichert, denn sein Finger zeigte auf die leere Wand daneben. Das Kunstwerk selbst war zweigeteilt, durch einen scharfen Riss in seiner Mitte. Links war die Landschaft sehr verschwommen, fast schon traumhaft, rechts von der erlösenden Linie waren selbst kleinste Blätter ganz vorzüglich und fast überscharf erkennbar.

Die Assistentin lächelte, als sie den weiten Winkel zwischen dem Gemälde und seiner Fingerspitze bemerkte. Ihr Blick fiel auf das Handy in seiner anderen Hand, es blinkte, ohne zu vibrieren.

»Ihr Handy leuchtet!«

»Oh, könnten Sie bitte …«

»Natürlich!« Sie nahm ab und hielt es ihm ans Ohr, er übernahm, sie ging zurück an ihren Tresen.

Es sei halt auf lautlos gewesen, begann Anno eine Diskussion, vertiefte sich mit der Konzentration so sehr ins Gespräch, dass er nicht bemerkte, als der Doktor mit einer Patientin aus dem Besprechungszimmer kam. Doktor Eugen bat Anna, vor dem nächsten Termin erneut sieben Tage lang keine Kontaktlinsen zu tragen, verabschiedete sich, warf jedoch noch einen bösen Blick zum stummen Lautsprechersystem des Wartezimmers, schüttelte den Kopf und verschwand in sein Büro. Anna schaute sich kurz um, ging nach vorne zum Empfangsbereich. Ihre Abholung ließ ebenfalls auf sich warten. Also setzte sie sich wieder in den Warteraum, Anno gegenüber. Der Wasserspender stieß doppelt auf.

»Ich hab ja keine Wahl, du hast meine Schlüssel«, raunte Anno in sein Telefon. Er habe ihm doch gesagt, der Eingriff selbst dauere nur einige Sekunden, die seien da recht schnell mittlerweile. Nach einer kurzen Pause wiederholte Anno viel zu laut: »Bei der Videothek?«, und fügte die Erkundigung hinzu, ob er sich bitte beeilen könne, er sehe nämlich nichts, betonte wiederholend seine Lage, »ich sehe nämlich gar nichts!«. Anno beendete das Telefonat, doch er misstraf den roten Hörer auf dem Display.

»Auch versetzt?«, fuhr ihm Annas Stimme in die Glieder, er erschrak sehr heftig; bei Gott, Anno habe nicht gewusst, dass da jemand –

»Ich wollte Sie nicht erschrecken«, unterbrach sie ihn, wunderte sich selbst dabei, noch während sie es sprach, warum sie ihn denn siezte.

»Sehen Sie auch nichts?«, fragte Anno, als sein Atem sich beruhigte.

»Fast nichts.«

»Na, immerhin!«

Daraufhin trat eine sanfte Stille ein. In diese kam nach einigen Sekunden eine dudelige Melodie samt Meeresrauschen reingeschwappt; die Empfangsassistentin hatte die beruhigende CD gestartet, nachdem eine Aufforderung des Doktors auf ihrem Pager eingegangen war. Lächelnd zog Anna ihr Handy aus der Tasche, tippte drauf herum. Nach der dritten Woge fragte Anno neugierig: »Sind Sie noch da?«

Ja, sie sei noch da, gab sie zurück.

»Schön!«

Anno musste an sein Lieblingsessen denken, zum ersten Mal nach langer Zeit. Anna legte das Handy beiseite und beobachtete ihn. Die mittellangen Haare lagen wirr über der Bandage, mit dem Kopf schaukelte er unmerklich der Meeresmelodie aus den Boxen leicht entgegen. »Und Ihre Begleitung sucht für heute schnell noch einen guten Hörfilm aus?«

Nein, gab er zurück, der Film von gestern müsse bis sechzehn Uhr zurückgegeben werden, sonst zahle man den doppelten Betrag; sein Freund würde auch aufs kleine Geld sehr achten.

»Von den reichen Leuten lernt man sparen!«

Sie fragte, was es denn gegeben habe. Schlitternd suchte er nach einer Antwort; es sei, na ja, der Lieblingsfilm seines Freundes gewesen, dessen Titel er ihr nannte, vielleicht kenne sie ihn.

»Das ist traurig«, wertete sie unverfroren.

»Ja, mein Freund weint auch jedes Mal.« Dann fragte Anno, ob er sie um einen Gefallen bitten dürfe, sie könne ihm sehr aushelfen, wenn sie denn wolle, er habe es vor dem Eingriff nicht mehr geschafft. »Können Sie mir zeigen, wo die Toilette ist?«

»Klar«, kam es schnell zurück. Sie stand auf, ging zu ihm, nahm seine Hand, er dankte.

Auf dem Weg zur Toilette teilte er ihr mit, was ihm soeben aufgefallen war. »Sie haben wirklich weiche Haut!«

Anna schmunzelte, führte seine Hand zum Griff: »Hier ist die Klinke«, lotste sie; und, falls sie ihn ebenfalls um etwas bitten dürfe –

»Setzen Sie sich hin?«

Anno überlegte kurz. »Das ist gegen die Natur.«

Er verschwand in der Toilette, schloss tastend ab. Anna haderte, ob sie sich wieder setzen oder vor der Klotür auf ihn warten sollte. Das Gemälde fiel ihr auf, sie schüttelte den Kopf. Drinnen ertönte erst die Spülung, dann der Wasserhahn, was sie positiv quittierte. Er öffnete die Tür, kam mit völlig nassem Schritt herausgetastet.

»Auf dem Hahn ist sehr viel Druck«, sagte er trocken für den Fall, dass sie sich die Hände waschen wolle. Nachdem sie ihm einige Sekunden auf den dunklen Fleck geschaut hatte und dies nur schwerlich lautlos zu verarbeiten imstande war, nahm sie wieder seine Hand und führte ihn zu seinem Platz zurück. Dies sei sehr nett von ihr gewesen, sprach er: »Ich hatte gehofft, dass es noch ein wenig dauern würde, bis mich jemand zur Toilette bringen muss, aber mit Ihnen könnte man ruhigen Gewissens alt werden.«

Da kam von der Eingangstür Dominiks Stimme in den aufkeimenden Sommer gedonnert, während er auf Anno zustapfte: »Du kleiner Pimmel, mein Lieblingsfilm?« Das »mein« wurde überdeutlich untermalt, um gleich die Zugehörigkeit der filmischen Präferenz zu klären. Dominik hatte sein Headset noch im Ohr und somit die ganze Weile über mitgehört.

»Ach du lieber Gott, du siehst ja wirklich nichts!«, sagte er mit einem Lachen.

»Dominik?«, drang es zwar belustigt, wenn auch ungläubig aus Annas Mund.

»Anna?«, fragte zweifelnd Dominik zurück, noch während er stark überlegte. Anno schob die Frage ein, ob sie sich kennen würden. Ja, sie würden sich kennen.

»Anno?«, fragte Anna erstaunt, »okay, ich bin wirklich blind.«

»Wie war noch mal der Nachname?«, versuchte Anno rational zu klären.

»Anna«, sang süß ihm Dominik entgegen, »Sonnenschein«, zitierte er den jungen Anno weiter voller Melodie, was dieser mit verhüllter Mimik, den Kopf nur sachte zu ihm drehend, wortlos abmahnte; der letzte Hinweis wäre nicht nötig gewesen, doch befasste Anno sich länger nicht mit Dominik, denn sein Herz schlug wild wie lange schon nicht mehr. Anno wendete sich Anna zu. »Anna, hallo!«, reichte ihr die Hand. »Nur zu, sie ist gewaschen.«

»Schön, dich zu sehen, Anno!« Sie schlug ein. Schön sei es ebenfalls, auch sie zu sehen, sprach Anno. Ihre Stimme duftete nach Zimt.

»Und ich finde es toll, dass ihr beiden noch zusammen seid!«, sagte sie, die beiden etwas ratlos hinterlassend, wie dieser Eindruck wohl entstanden sei.

*

Wenige Wochen später war es nun Anna, die um die Augen herum bandagiert unruhig schlafend im Bette ihres Zimmers lag. Durch das Fenster brach das erste Licht herein, die Vögel waren zittergelb schon wach. Sie murmelte konturlos, was Anno mit Besorgnis länger still betrachtete. Schlagartig erklarte Anna, fragte deutlich: »Bist du wach?«

Anno bejahte, nahm sie zur Beruhigung fest in seinen Arm.

»Du hast so viel erzählt«, beschrieb Anna die Fragmente.

Im Gegenteil, sie sei es gewesen, die viel erzählt habe, erwiderte er sanft. Doch in ihr kam es nicht zur Ruhe. Sie hätten im Traum auf dem Balkon gestanden, auf diesem Balkon ihres Zimmers. Er habe von einer Gefahr gesprochen, dass etwas Schlimmes passieren würde, doch dass sie keine Angst zu haben brauche, sie müssten sich nur gegenseitig schwören, zur gleichen Zeit zu sterben. Gemeinsam seien sie gefallen, damit keiner übrigbleibe.

Anno wusste nicht, wie damit umzugehen sei.

Dann bat Anna ihn, ihr die Erfüllung ihres Wunsches versprechend zu besiegeln. So ernst war diese Bitte ausgesprochen, dass er es ihr nach kurzem Anlauf ebenso versprach. Er solle sich diesen Tag gut merken, dies sei ihr sehr wichtig, sprach Anna, ganz verwirrt noch von dem Traum.

Nun wolle sie die Bandage lösen. Er gebot ihr, die Augen geschlossen zu halten, während er die Schlaufe um ihren Kopf führte. Beim Aufschlag flossen ihre Tränen.

»Ich habe dich mir ganz anders vorgestellt!«

Sie genoss erst einmal, während sie durchs Zimmer schaute, das Geschenk, ohne Hilfe klar zu sehen. Ihr Zuhause, aus Kristall.

»Was für ein Chaos«, bemerkte sie. Ein Chaos, das mittlerweile eine gemeinsame Geschichte zu erzählen begann. Sie könne sich gut vorstellen, das Gästebett nun wegzuräumen, es habe in der letzten Zeit schon sowieso an Härte und Bestimmung sehr verloren.

★

Das Treppenhaus des prunkvollen Altbaus war einst von sehr wohlhabenden Besitzern ausgestattet worden, die wechselnden Parteien haben es durch ihre zahlreichen Umzüge jedoch mit tiefen Kratzern und Blessuren versehen, so auch Emma, welche kürzlich ihren Umzug in die Singlewohnung her vollzog. Anno führte seine Hand am geschwungenen Holzgeländer entlang, mit den Fingerspitzen befühlte er die eingeschnitzten Muster, an der anderen Hand hielt er Anna, die vor ihm die Treppe hinaufging.

»Warte, bevor wir reingehen«, verlangsamte Anno den Aufstieg. Er zog Anna zu sich, küsste sie leidenschaftlicher, als sie sich hier in diesem Treppenhaus darauf hätte einlassen können. Sie verloren das Gleichgewicht, nun musste Anna ebenfalls nach dem Geländer greifen, um sich abzustützen. Sobald sie einen sicheren Stand zurückerlangte, führte sie die Hand hinauf an seine Wange, berührte Annos Lippen. Emma sei wirklich großartig, er brauche gar nicht aufgeregt zu sein, überzeugt davon, in ihm eine vermutete Befürchtung lindern zu müssen.

Unbegründet sei es nicht, »beste Freundinnen haben großen Einfluss«, gab Anno zu bedenken.

Emma hätte sie noch nie so glücklich gesehen.

»Noch nie?«, buhlte Anno tiefer noch um solche schmeichelhaften Worte.

Er solle sich nicht allzu sehr darauf ausruhen. Mit einem letzten Kuss im Treppenhaus läutete sie den weiteren Anstieg ein, an dessen Ende im vierten Stock Emmas Türklingel erklang. Noch ehe sie wieder verstummte, riss Emma die Tür auf, hin zum Inneren der Wohnung lachend, ihren Gesprächspartner mit »Warte, erzähle mir die Pointe gleich!« hinhaltend. Schlagartig wurde sie ernst, fragte leise, ob Anna ihre Nachricht nicht bekommen habe. Anna schüttelte gespannt den Kopf. Genau genommen seien es zwei gewesen, in der ersten habe gestanden, dass sie lieber nicht das Geländer im Treppenhaus anfassen sollten, im ersten Stock befinde sich eine Praxis für Haut- und Geschlechtskrankheiten, das Schild an der Eingangstür sei geklaut worden. Jetzt fiel ihr auf, dass sie, wie unhöflich, Anno nicht begrüßt hatte, schob dazwischen, er müsse Anno sein; sie habe schon sehr viel von ihm gehört. Er erwiderte, im Gegenzug sei dies bei ihm ebenso der Fall. Anna fragte sich, wieviel Emma schon getrunken hatte, während Anno und Emma lächelnd sich die Hände schüttelten. Er freue sich sehr, ihre Bekanntschaft zu machen, auf dem Schulhof damals hätten sie ja leider nie ein Wort gesprochen.

»Ja, schade! Aber nun!« Emma freue es ebenfalls sehr, schließlich freute es auch Anna, es sei ja höchste Zeit gewesen, dass endlich sich die Wege kreuzten.

»Emmilein!«, rief eine Stimme aus dem Inneren der Wohnung. Um deren Absender zu erfahren, bemühte Anna sich bei Emma mit fragenvollstem Blick, auch um sich die Koseform des Namens zu erklären, doch sie wich aus, kam zügig auf die zweite Nachricht zu sprechen, die dringendere von den beiden, in der sie Anna um die Verschiebung des Zusammentreffens bat; es sei etwas dazwischengekommen.

Anna zeigte in die Richtung der unbekannten Stimme, ob sie der Grund der unerfüllten Bitte sei. Emma nickte, flüsterte, sie hätte Anna gern persönlich darauf vorbereitet.

»Alles gut, Schatz?«, erklang es mit näherkommenden Schritten. Nun stand er da. »Ich war ganz allein. Hallo, Angelo!«, sagte Angelo schmissig, während er Anno die Hand reichte: »Also, ich bin Angelo, nicht du!«

Der Gag kam weniger gut an, als von Angelo erwartet, dies fiel ihm aber weiter gar nicht auf. Im Anlauf des Handgebens schaute Anno mit schrägem Kopf zu seinem Gegenüber, irgendetwas schlummerte in der Erinnerung.

»Wir kennen uns doch?«, versuchte Anno den Nebel offensiv zu lichten, doch Angelo zog seine Hand zurück, bevor Anno sie ergreifen konnte. Mit einem »Ladies first!« entblößte er Annos fehlende Etikette, lachte wieder so, als würden alle mit ihm lachen. Erst als Angelo sich Anna zuwendete, bemerkte Anno ihren offenen Mund, doch konnte sie vor Fassungslosigkeit nichts sagen. Sie lachte völlig entsetzt, nachdem sie Angelo eine Zeit lang anstarrte, dieser zog ungeschüttelt seine Hand zurück. Anno beobachtete, wie die Frau an seiner Seite ins Stottern kam. Umständlich begann sie, den unerwarteten Gast im Auge haltend, halb zu Anno hingewandt, zu sprechen; Angelo habe die Hauptrolle in einem Film gespielt, den Emma und Anna als Teenies geliebt hätten.

»Welchen?«, drang Angelo direkt dazwischen, äußerst neugierig und erfreut darüber, dass es gar nicht lange dauern würde, um über seine Popularität zu sprechen.

Na ja, geliebt sei etwas übertrieben, versuchte Emma die Felle noch zu retten.

»Findest du?«, fragte Anna gleich mit Nachdruck schmunzelnd.

»Ich meine, welchen Film!« Angelo gab nicht nach. Er wollte es wissen, und wenn er etwas wissen wollte, dann bekam er es auch zu wissen, so war er einfach. Dann dämmerte es ihm. »Doch nicht etwa *Summercamp*?«

Emmas Blick neigte sich zu Boden, Annas ebenfalls. Anno hob die Augenbrauen, ließ seinen erstaunten Blick nicht von Anna ab, während Angelo nun die Gesprächsgewalt weiter an sich riss.

»Furchtbarer Regisseur, wirklich, konnte sich überhaupt nicht durchsetzen. Hat den ganzen Schmerz rausgeschnitten, am Ende blieb nur noch seichte Scheiße übrig. Wenigstens den Redakteuren hat es so gefallen.«

Die Damen waren beschämt, natürlich sei es kein guter Film gewesen, doch er habe ihnen damals dennoch viel bedeutet. Diese Betretenheit entging auch Angelo nicht mehr. »Und Redakteure haben immer recht!«, ruderte er zurück. »Ihr mochtet ihn anscheinend, und ohne den Film hättest du mir wohl nicht ins Taxi geholfen – und wärst gleich mitgefahren«, schob er nach, schnalzte Emma mit dem letzten Satz in ihre Wange, lachte dabei köstlich, dann wurde er sehr plötzlich ernst. Angelo riss die Hände hoch an seinen Kopf, als hätte er sich an etwas Wichtiges erinnert.

»Bevor ich es vergesse! Darauf sagte er nur so: Hä?«

Emma überlegte kurz, doch sie verstand nicht, entgegnete ebenfalls ein »Hä?«, also holte Angelo ein wenig weiter aus: »Ich sagte: Nun? Und er nur so: Hä?«

Emma kam nicht darauf. »Was meinst du denn?«

»Die Pointe! – Von der Geschichte!«

»Ach so.«

Das Licht des Treppenhauses klickte aus. Während Anno den Schalter suchte, sprach Angelo in die Dunkelheit hinein: »Das ist wahrscheinlich nur lustig, wenn man dabei war.«

Anno musste sich entscheiden, welchen der beiden Schalter er betätigen sollte, um das Licht wieder einzuschalten.

»Der obere oder unten?«

Emma antwortete: »Oben!«

Die Türklingel erklang.

»Unten.«

Das Licht ging an, die Stille blieb.

Ob sie Lust hätten, etwas zu trinken, »Champagner vielleicht?«, regte Angelo nun an, da Emma gar nichts weiter sagte.

Die Gäste einigten sich auf das mitgebrachte Bier in Annos Jutebeutel, zogen ungefragt die Schuhe aus, bevor sie in die Wohnung traten, obwohl Angelo versicherte, dass es doch in Ordnung sei, die Schuhe bitte anzulassen.

Die gesamte Wohnung war mit Umzugskartons vollgestellt, nur das Nötigste war ausgepackt worden, außer in der Küche, welche bereits einen Hauch Gemütlichkeit verströmte. Anna saß neben Anno auf der einen Seite des Tisches, Angelo mit seinem Crémant auf der anderen, nahm tiefe Schlucke direkt aus der Flasche.

»Wirklich keinen Champagner?«, erkundigte er sich zum Abschluss eines Vortrags, dem weder Anna noch Anno zugehört hatten. Sie saßen lächelnd zueinander, wenn auch auf Angelo fixiert, hielten sich an den Händen, bedankten sich ablehnend bei ihm. Emma hatte sich schon seit Minuten nicht mehr blicken lassen; alles kein Problem für Angelo, er konnte die Gäste mit Bravour und Leichtigkeit weiter unterhalten.

»Weißt du, das war immer so. Wie bei dir gerade an der Tür, du hast gefragt: Kennen wir uns nicht? Aber wir kannten uns noch nicht. Du hast vielleicht einmal einen Film mit mir gesehen, hast mit mir die Situationen im

Film durchlebt, und wenn ich gut war, dann hab ich dir das Gefühl gegeben, dass wir die Situationen gemeinsam durchlebt haben. Du hast mit mir zusammen geliebt, gelitten, warst mit mir mit den schönsten Frauen im Bett, hast Trennungen miterleiden müssen. Und wenn man so viel zusammen durchhat, dann denkt man sich: Den kenne ich«, sprach Angelo in einem Zug, mit kurzen, spannungsvollen Pausen, nickte am Ende bedeutungsschwer dazu.

»Nein«, jetzt würde Anno sich erinnern, er habe ihn in einer Illustrierten gesehen, die beim Zahnarzt lag.

Angelo hob die Hand vor seinen Mund, mit einem Ausdruck höchster Bestürzung, sprach gegen die Handfläche gepresst ganz leise: »Wann?«

»Letzte Woche«, antwortete Anno. Sofort begann Angelo, die Verzögerung des Lesezirkels zu berechnen, die Ausgabe müsste ungefähr drei Wochen alt gewesen sein. Er lachte ertappt. »Schatz!«, rief er vom Stuhl aus laut in Emmas Wohnung hinein; Anno habe das Bild gesehen, vom Abend ihres Kennenlernens!

»Das tut mir leid, Anno«, sprach Emma, während sie hereinkam und erschrak. »Ach du lieber Gott!«, riss sie die Hand wie Angelo zum Mund, doch authentisch.

»Das war vorhin aber noch nicht, oder?«, sprach sie bestürzt, zwischen Anna und Anno abwechselnd umherschauend. Sie erkundigten sich rasch, was sie denn meine.

»Herpes!«, sie wiederholte, »das sieht, ich glaube … nein, ich bin mir sicher, das ist Herpes.«

»Scheiße, jetzt sehe ich es auch!«, zuckte Angelo zusammen.

Das könne nicht sein, Anno habe kein Herpes, und auch

Anna beschwichtigte, dass es bei ihr noch niemals ausgebrochen sei.

»Vielleicht so 'ne aggressive Mutation?«, ließ Angelo laut seine Gedanken schweifen. Man wisse nie genau, was die Natur sich alles überlege, um die Menschheit auszurotten, »und genau aus diesem Grund engagiere ich mich nebenbei auch für den Umweltschutz, damit uns die Natur bitte schön in Ruhe lässt!«

Angelo wackelte mit seinem Kopf, doch vertikaler als die restlichen Verstummten.

»Alle Spiegel sind beim Umzug zerbrochen«, erklärte Emma ihren Griff zum Handy. Sie schoss ein Foto von den beiden, um es zu beweisen.

Angelo merkte an, dass es mit den sieben Jahren gar nicht stimme, nur um das mal klar zu stellen.

»Was meinst du?«, fragte Emma.

»Sieben Jahre!«

»Hä?«

»Sieben Jahre schlechter Sex, wenn ein Spiegel zerbricht. Es stimmt nicht!«

Emma runzelte die Stirn. »Nein, das sagt man beim Anstoßen, wenn man sich nicht in die Augen schaut.«

»Sag ich ja! Es stimmt auch bei Spiegeln nicht!«

Emma atmete tief durch. Das Foto war verwackelt, sie wiederholte noch einmal mit Blitz, drehte ihnen dann den Bildschirm zu.

»Ach«, erklang es fast synchron aus beider Münder, während sie die Stellen vorsichtig befühlten.

»Nicht anfassen!«, befahl Emma.

Anno bot an, der Praxis ein neues Schild zu spendieren, das sei ja unverantwortlich.

»Welche Praxis?«, fragte Angelo bestürzt, mit gestiegener Authentizität, »Haut und Geschlechtskrankheiten«, bekam er eine Antwort auf seine Frage hin zu wissen.

Emma übernahm, bei der Besichtigung habe kein Schild draußen gehangen, sie habe es beim Einzug erst erfahren.

»Scheiße!«, rammte ängstlich Angelo hinaus, wiederholte weitere Male dieses Wort, mit aufbrausender Aggression.

»Ich drehe morgen! Eine Sexszene!«

»Vielleicht wird sie ja dann gestrichen?«, bot Emma eine Lösung an, nickte ihm verstimmt dazu.

Hätten es die Sehnen nicht verhindert, Angelo hätte seine Augen doppelt um sich selbst verdreht. Er seufzte: »Wie oft denn noch? Mein Beruf verlangt mir auch solche Szenen ab! It's just a job!«

Nein, er habe nichts an seiner Lippe, zumindest noch nicht, beendete Emma diese Diskussion, nahm ihr Telefon aus Annas Hand wieder entgegen. Anno schaute Angelo nun näher an, dieser fiel auf seinem Stuhl sogleich zusammen, betastete ganz hektisch seinen Mund. Anna hatte es nun auch bemerkt, betrachtete ihn ebenfalls.

»Was denn?«, flehte Angelo mit größter Sorge.

»Hast du Nasenbluten?«, fragte Anno ihn, nach gründlicher Betrachtung.

»Ach so!«, pustete Angelo erleichtert aus. Ja, das habe er öfter. Währenddessen holte Emma die Tube mit dem Herpesmittel aus dem Kühlschrank, fragte Anna im Hinausgehen, ob sie ihr kurz im Wohnzimmer was helfen könne, Anna tat es sofort gerne; die Männer blieben in der Küche.

»Ein denkwürdiger Abend!«, fasste Anno den bisherigen Verlauf zusammen.

Angelo fragte, wo sie stehengeblieben waren. »Ach ja richtig, bei mir!«

Emma kam ins Schlafzimmer und schlug die Hände über ihrem Kopf zusammen.

»Ich kann seine Stimme nicht mehr hören«, sagte sie zu Anna. »Ich hasse sie! Wenn er anfängt zu reden, dann muss ich sofort den Raum verlassen.«

Anna stellte sich vor Emma, fasste sanft sie an den Schultern, sprach: »Und seit wann weißt du das?«

Emma hätte es gleich wissen müssen.

»So viele Neuigkeiten, wir sehen uns viel zu selten«, sagte Anna, voll bewusst, dass es natürlich auch an ihr lag.

Emma nickte stumm.

Unterdessen hatte Angelo sich anders hingesetzt. Den Kopf in den Nacken gestützt balancierte er ein zusammengeknülltes Taschentuch, dessen eingedrehte Spitze in seinem Nasenloch steckte, was ihn aber nicht vom Sprechen abhielt: »Ich verstehe nicht, warum die so etwas überhaupt drucken dürfen. Jeder Idiot fotografiert einen, die drucken das dann einfach! Alles! Und dann ist es völlig aus dem Kontext gerissen und hat gar nichts mehr mit mir zu tun.«

Anno fragte vorsichtig, bis wohin genau die Geschichte denn etwas mit ihm zu tun gehabt habe.

»Ich wollte unbedingt eine Zigarette rauchen, und der Typ, den ich nach Tabak und Blättchen gefragt habe, der hatte nur so große Paper. Also gut, denk ich mir, wird schon okay sein, wenigstens hab ich so länger was von meiner Zigarette.«

Anno, der nicht ganz von der Erklärung überzeugt war, erkundigte sich nach Angelos Schräglage auf dem Bild, die sei zu leugnen nicht gewesen.

»Genau …«, bestätigte Angelo halb aus der Kurve geschubst, als sei ihm das Stichwort wieder eingefallen. »Ja, der das Foto gemacht hat, kam so auf mich zugerannt, dass ich das Gleichgewicht verloren habe, im Sitzen.«

Dies sei ja wahrhaft eine komplett andere Situation, schüttelte Anno den Kopf.

»Ja!«, umarmte Angelo die Worte, bohrte seinen Zeigefinger tief in Annos letzten Satz hinein.

»Und das drucken die dann einfach!«

Emma hatte sich inzwischen auf das Bett gesetzt, Anna saß ihr gegenüber auf einem Umzugskarton.

»Angelo ist in der Zeitschrift mit einem dicken Joint vor der Bar zu sehen, die haben rumgegrölt wie die Irren. Ich habe sie aufgefordert reinzukommen, wegen der Nachbarn.« Drinnen habe Angelo daraufhin noch mächtig Gas gegeben.

Anna nahm die Tube mit der Salbe aus Emmas Hand, anscheinend habe es ihr doch gefallen, versuchte sie nun sachlich an die Sache ranzugehen.

Fast schon beschämt gab Emma zu, dass sie wahrscheinlich nur einmal mit einem Star aus ihrer Jugend schlafen wollte.

»Verständlich«, pflichtete ihr Anna bei, während sie den Hubbel mit der Creme einschmierte. Hinterher sei man immer schlauer.

»Nein, nein!«, wurde sie von Emma unterbrochen, der Sex sei gut. »Der Sex ist das Einzige, was gut ist!«

Das rotbefleckte Taschentuch hatte die Blutung nun gestillt, jedoch traf Angelos Wurf den Mülleimer nicht, und
so fiel es klatschfeucht auf das Laminat.

»Ach, später!«, sprach er großzügig und nahm einen
weiteren Schluck aus seiner Flasche. »Sicher nicht?«, bot
er an, zuckte aber gleich zurück, als Anno stumm auf
seine Schwellung zeigte. Um dem ekelhaften Thema auszuweichen, wandte Angelo sich weiter seiner Rede zu:
»Also, wo waren wir? Ja, genau, dann sind wir in Emmis
alte Wohnung gefahren. Und ich sage dir«, er pflanzte die
Saat einer dramatischen Pause: »Das Laken hat Lambada
getanzt!«

An diesem Punkt wurde Anno vollends unbehaglich.
Still bat er in Gedanken, dass Angelo hoffentlich den Fuß
vom Gas bald nehmen würde, »unfassbar …«, sprach er,
mehr fassungslos über diesen Menschen, der ihm gegen-
übersaß, als über die erzählte Handlung. Diese möge wahr
oder erfunden sein, gewiss war Anno nur, dass sie ihn
nichts anging.

Doch Angelos Fuß drückte weiter gegen das Blech.
Da die Geschichte nun an ihrem, aus Angelos Sicht,
glücklichen Ende angelangt war, rief er laut nach seinem
Schatz.

»Schatz!«, wiederholte Emma durch die Zähne gepresst,
»wer zum Teufel nennt seine Freundin Schatz?«

Annas Gesichtszüge entglitten. »Freundin?«, erbat sie
sich eine Bestätigung des gewählten Wortes.

Emma wisse selbst nicht, was es sei.

Anna argumentierte, dass sie diesen Menschen hasse.

»Mein Körper liebt ihn!«, rechtfertigte sich Emma.

»Schatzi!«, kam es aus der Küche gerufen.

»Mit i! Auch noch mit i!«, verzweifelte Emma, während sie mit Anna kraftlos zurück in ihre Küche ging.

»Wo wart ihr denn?«, empfing Angelo sie. »Wir dachten schon, ihr macht unanständige Sachen!«

»Dachten wir nicht, nein!«, unterband Anno sofort jegliche Komplizenschaft.

»Wieso nicht?«, wechselte Angelo den Gang, es wäre doch, und dabei suchte er die Lippen anfeuchtend nach dem treffenden Wort, »aufregend!«, welches er sehr cremig aussprach.

Emma drückte etwas Salbe auf Annos Zeigefinger, er verrieb sie breitflächig.

»Das wird ja immer größer«, staunte Anno ungläubig.

Drei Mal stieß Angelo erneut das Wort »Scheiße« aus, dieses Mal stark beginnend, mit nachlassender Intensität.

»Ich drehe morgen, eine Sexszene!«

»Ja, du erwähntest es bereits«, fuhr Emma Angelo dazwischen, bot ihm etwas von der Salbe an, für den Fall, dass er auf Nummer sicher gehen wolle. Emmas Blick fiel auf das dunkelrote Taschentuch am Boden, nun wusste sie rein gar nichts mehr zu sagen. Anna sprach längst Überfälliges aus: »Sollen wir das junge Glück alleine lassen?«

Anno nickte, stark der gleichen Meinung seiend.

An der Tür bedankte Anna sich für den schönen Abend, während beide ihre Schuhe banden.

»Wir haben zu danken, und nächstes Mal erzählt ihr was von euch!«, forderte Angelo noch ein, bevor er die Wohnungstür ins Schloss einrasten ließ.

»Vögeln?«, kam Emma gleich auf seine gute Seite zu sprechen. Eigentlich gerne, begann er, aber vor Sexszenen versuche er sich immer zusammenzureißen.

»Bitte was?«, quetschte sie heraus, ungläubig über das Gehörte.

»Man sieht es, wenn man ausgeglichen ist. Die Kamera entlarvt einen gnadenlos. Man ist nicht hungrig auf die Arbeit, und das sieht man.«

»Es ist ein Studentenfilm, richtig?«

»Ich kann nicht weniger als zweihundert Prozent geben.« Ja, sie verstehe das, sprach Emma dissonant.

Der Taxifahrer wurde gefragt, ob per App bezahlen gehe. Ja, gar kein Problem, und schon stieg auf den Rücksitz Angelo flink ein. »Kennst du eine gute Bar hier in der Nähe?«, nannte er ein potenzielles Ziel.

»Strip?«, versuchte der Taxifahrer die Anfrage zielführender einzugrenzen. Nein, lehnte Angelo kategorisch ab, nur um im nächsten Augenblick »Obwohl« einzuwenden, »warum nicht?!«

Und schon bog das Taxi um die nächste Ecke, überholte bei der dritten Kreuzung unbemerkt das junge Paar, welches sich trotz allen Umstands, abwechselnd erst grün, dann gelb und schließlich rot von oben angestrahlt, unter einer Ampel lange küsste.

*

Durch die Luke des Dachbodens stiegen sie in den Himmel, die Stadt war leise von dort oben. Oft schwebten sie in diesen Höhen, auch wenn sie darunter fest in ihrer Wohnung schliefen, so flogen die Gedanken an sich selbst im Traum weit über ihre Stadt hinweg, ohne jegliche Beschwernis. Sie fanden ineinander das, was alle immer suchen, umarmten es mit offenen Händen still bei sich, beschützt, behütet. Die Hände warfen farbenvolle Schatten in die Nacht, als das Feuerwerk den neuen Lauf empfing, sie hielten Gläser, Zigaretten, Regenschirme, fassten nach der Rinne, als sie sich vornüberbeugten, um des Tags das Leben außerhalb zu sehen. Zwei Männer stritten sich um einen Parkplatz, im Hause gegenüber stand die Zeit, dann bebauten wachsende Gerüste das Gewesene auf seine Grundmauern zurück. Der Frühling kam, es zogen neue Menschen ein, die in der Küche einsam aßen, ihre Kinder morgens weckten, alten Streit begruben und neuen oft begannen. Sie sahen klein von oben aus, der Wandel aus der Ferne. Hier fassten sich Anna und Anno an den Händen, was immer auch der Umstand war, so auch in diesem kostbaren Moment, den sie laufend »Jetzt« benennen durften. Sie gingen langsam von der Luke hin zum Rand, eine Wolke wehte vor die tiefe Sonne, und als der Wind das Laub von unten über jene Rinne trug, an der sie beide standen, hielten sie den Atem an und sprangen ohne jede Warnung in die Erfüllung ihres Schwurs hinab.

IV.

Herbst

Der Tag begann gelähmt, als Anno mit dem Sturz sowohl aus seinem Traum als auch aus dem Sommer fiel. Er griff nach seinem Handy, um die Uhrzeit abzulesen, doch waren seine Finger von allen Zweigen, an denen er sich soeben noch festzukrallen versucht hatte, ganz verkrampft. Sein Telefon rutschte ihm aus der Hand, fiel auf den Boden. Er griff erneut danach, eine Meldung versperrte ihm die Uhrzeit. Er drückte die Update-Benachrichtigung für das Betriebssystem ablehnend weg.

Anna fragte erneut, ob alles in Ordnung sei, das erste Mal hatte er sie nicht gehört. Er bejahte zwar, doch war er ganz benommen; die Unruhe in seinem Kopf verblieb bis in den späten Tag.

Später wusch er in der Küche das Geschirr ab, Judas schnurrte liebestoll um seine Beine. Anna kam hinein, beschaute ihn von hinten. Starr stand er vor dem Wasserhahn, schwamm wirr in dem Gefühl herum, das der Traum seit Stunden nach sich zog. Anna wollte nicht noch einmal fragen, er würde schon von sich aus reden, wenn ihm danach sei, doch so im Stillstand hatte sie noch niemals seinen Blick gesehen. Sie hatte große Sorge, ihm sei etwas begegnet, vielleicht aus der Vergangenheit, das seine Sicht auf sie verklärte. Um der Stille auszuweichen, schaltete sie das Radio an, ging mit den ausblendenden Musiktakten wieder aus der Küche, um weiteres Geschirr zu holen. Ein Jingle setzte ein, gefolgt von einem maskulinen *Brennpunkt Technik*. Der Radiosprecher begrüßte die Hörer, warnte dann sehr engagiert vor einem Update, welches Besitzern des Marktführerhandys seit dem Morgen angeboten wurde, »Achtung!«, die Akkulaufzeit verringere sich nach dem Update um fünf bis zehn Prozent. Anno hörte wie ausgeknipst halb hin, dann erwachte er aus seiner Starre und tunkte das Besteck in den Topf, der nun mit Spülmittel und genügend Wasser vollgelaufen war. Anna brachte weiteres Geschirr auf einem Tablett hinein. Unter den Rand eines großen Tellers war versehentlich die Fernbedienung des Fernsehers gerutscht. Dieses Mal reagierte er auf Anna, doch er lächelte nur leer sie an. Ob wirklich alles mit ihm in Ordnung sei, fragte sie bezwungen, wiederholte nachdrücklich. Er umarmte sie nur still, sehr lange, dann wandte Anno sich hinweg und nickte, erkundigte sich, wann sie mit Emma verabredet seien, zog sein Telefon heraus, um nachzusehen, wie lange es noch sei, bis acht Uhr hin. Die Benachrichtigung zum Update verdeckte ihm erneut die Zeit, genervt klickte er sie weg. Anna solle ebenfalls das Update nicht bejahen, der Akku halte danach nicht so lange wie zuvor. Anno musste sich beeilen; die Uhr verriet die fast zu späte Stunde.

Des Nachts, im Club, als Anna ihn noch immer nicht erkannte, forderte sie ein, dass er ihr sagen müsse, was ihn so bedrücke. Also entschied er sich, sie einzuweihen. Es tue ihm sehr leid, wie er heute gewesen sei, es habe aber wirklich einen Grund. Auch er habe diesen Traum gehabt, gemeinsam seien sie gesprungen, und er habe keinen Weg gefunden, dem schrecklichen Gefühl des Sturzes zu entkommen, er sei noch immer völlig aus der Bahn davon geworfen.

»Ich dachte schon, es sei was Ernstes!«, stieß Anna aus, sowie sie die Erleichterung ermessen konnte.

Emma kam mit drei Pinnchen, kündigte freudig die Ankunft der Bestellung an.

»Ist das –?«, fragte Anna, andeutend.

Ja, genau das sei es, schwieg auch Emma mit.

»Was?«, fragte Anno, doch Anna reichte ihm nur lächelnd sein Gefäß, nahm ihr eigenes und küsste ihn.

»Auf die Erleichterung!«, erhob sie feierlich zum Anstoß, dann tranken sie in einem Zug die Mischung aus.

»Was war das?«, fragte Anno wieder, nachdem er den bitteren Geschmack bezwungen hatte.

Anna kam nah an sein Ohr, flüsterte die Antwort.

»Bist du verrückt?«, brach es sofort aus ihm heraus, er stürzte völlig in sich ein.

Diese Reaktion hatte Anna nicht erwartet.

»Was denn?«, kam sie ihm entgegen, er habe doch gesagt, er wolle es, mit ihr, gern einmal probieren.

Das hatte er tatsächlich, dazu noch hatte er gebeten, es ihm einfach unterzumischen, sie wisse schon am besten, wann der richtige Moment gekommen sei; hatte sie bislang doch mehr Erfahrungen damit gesammelt als er. Ja, dies habe er gesagt, aber doch nicht an einem solchen Abend!

Anna musste sich verteidigen, dieser Tag sei zweifelsfrei der richtige gewesen, um sich einer Hilfe zu bedienen. Das mag sein, aber doch nicht, wenn er am nächsten Tag nicht frei habe! Anno holte mit zitternden Fingern sein Handy raus, erdrückte die Benachrichtigung, hielt ihr die Uhrzeit hin.

»Mein Flug geht in acht Stunden!«, sprach Anno fassungslos, riss Anna mit hinein.

Emma beobachtete still die aufgebrachte Unterredung.

Anna dachte, sein Flug gehe erst morgen.

»Jetzt ist morgen! Es ist zwei Stunden nach null Uhr!«

Anna wurde bleich. Sie habe gedacht, es sei viel später gewesen, als sie ihn gefragt habe.

Nein, es sei vor Mitternacht gewesen, also sei »morgen heute«, versuchte Anno sich weiterhin im Rechte zu behaupten.

Emma griff nun ein, schlug vor, ob sie von jetzt an nicht ganz simpel sagen könnten, nach dem Aufwachen sei immer Morgen.

»Ja, aber jetzt wird nicht geschlafen und nicht aufgewacht!«, parierte er den Vorschlag.

Es sei noch Zeit, gab Emma ihm zu denken und zeigte dabei in die Richtung der Toiletten.

»Meine Bordkarte!«, erinnerte sich Anno, plante rasch die nächsten Schritte, um bei Verstand noch alles nach der Lösung hin zu lenken. Sein Akku befand sich schon nur mehr im letzten Viertel seiner Kraft, er aktivierte den Flugmodus, um seinen Sitzplatz mit dem letzten Rest an Batterie noch zu erreichen.

Dann schlug ihn doch recht schnell die warme Wand vom Stuhl, mit Anna tanzte er die nächsten Stunden, als gäbe es kein Morgen mehr. Als sie auf Toilette musste, hielt er sie im Weggang an der Hand, fragte schwankend, ob er sie begleiten solle.

Anna drehte sich zurück, schüttelte langsam nur den Kopf und sprach, vor Liebe wund zugrunde gehend, dass sie ihn liebe. Es war die schönste aller Nächte ihres Lebens.

Anno hörte nur noch seinen Atem, als er sterbensbleich auf dem Klodeckel der Gate-Toilette saß, um Erlösung bettelnd. Schon seit Ewigkeiten hatte niemand mehr diesen Bereich betreten, bestimmt würden sie schon alle boarden, doch an Bewegung war für Anno gerade nicht zu denken. Er müsse jetzt eine vertraute Stimme hören, nestelte das Telefon sich aus der Hosentasche, aktivierte den Empfang und wusste, da Anna sicher schlief und er sie nicht verschrecken wollte, niemand anderen als Dominik um Hilfe anzuflehen. Dieser kam mit keinem Wort zwischen Annos rasend halbe Sätze, die er in einem wahnsinnigen Tempo aneinanderreihte. »Das ist die Hölle. Ich hab so schlimmen kalten Schweiß, und mein Kreislauf ist komplett weg. Wenn ich stehe, habe ich Angst, dass ich ohnmächtig werde, hab ganz wackelige Knie. So schlecht war mir noch nie, noch nie! Und die Schlange ins Flugzeug ist ewig, unendliche Schlange. Ich will nicht die Stewardess vollkotzen. Oder den Steward, von denen gibt es ja auch immer mehr. Sitzen geht, geht sehr gut, ich könnte sofort einschlafen, obwohl ich richtig, richtig wach bin.«

Erst jetzt brachte Dominik ihn mit einem Schrei wieder zur Besinnung, ja, er höre zu, was er nun auch nickend tat; nach einer kurzen Pause legte er von Neuem los.

»Du hast recht, wie wunderbar! Das ist eine großartige Idee, ohne dich wäre ich darauf nicht gekommen! Ich muss mich übergeben, Finger rein und Schluss! Danke! Dann ist die Übelkeit weg, und ich muss nur noch zum Sitzplatz 18E gelangen! 18E! Wartest du bitte kurz!« Anno kroch vom Sitz auf seine Knie, legte das Telefon neben den Toilettenhals und begann nach dem dritten Anlauf endlich zu vollenden, was ihm Dominik geraten hatte. Die Erlösung legte sich kalt über Anno, es ging ihm nun viel besser.

Die Fluggastbrücke war bis auf die drei letzten Passagiere schon geleert. Der Gang kam ihm recht ewig vor, doch Dominiks Idee hatte Anno die nötige Klarheit verschaffen können, diesen Weg auch bis zum Ende hin zur Reihe 18E zu gehen. Demonstrativ nüchtern nickte er der Stewardess beim Einstieg zu, diese betrachtete ihn ganz genau, haderte mit sich, wie mit dem blassen Passagier umzugehen sei, grüßte dann, bevor sie durch die offene Tür besorgt ins Cockpit schaute. Sie wusste nicht, ob sie es melden müsse, sah dann aber doch von einem voreiligen Eingriff ab, um ihre Festanstellung nach der Probezeit nicht zu gefährden; es würde ihren Abflug stark verzögern, und da war diese Airline mit den Angestellten wenig tolerant. Anno passierte eine junge, stark geschminkte Dame in der ersten Reihe, die sehr laut in die Frontkamera ihres Handys sprach.

»Meine Güte, wie die sich benimmt!«, dachte er gelöst erbost, glücklich darüber, dass er wieder Kräfte zum Erbosen hatte, zwang sich an zwei Passagieren eng vorbei, die noch umständlich im Gange standen, um etwas aus dem Handgepäck zu kramen. Sowie er in seinen Sitz gefallen war, hielt er lange inne und atmete tief ein, erleichtert, dass am Ende doch noch alles gut gegangen war;

wäre es nur schon der Flug zurück nach Hause. Annos Körper kratzte die letzten Reste Serotonin zusammen. Nichts würde jemals ihm und seinem Glück mit Anna zukünftig im Wege stehen können, wären sie nur beieinander. Er würde jeden Morgen ihr Gesicht als Erstes sehen, würde jedes Mal des Abends merken, wenn sie, trotz der Behauptung, noch hellwach zu sein, zuckend einen Traum betrat, und er würde immer wissen, dass bloß diese beiden Tore zwischen Tag und Nacht, in gemeinsamer Durchschreitung, ihren Wegen einen Rahmen bieten müssten, damit die Erfüllung, die sie ineinander fanden, nie ersterben soll.

Anno holte vor dem Abflug ein letztes Mal sein Telefon hervor. Er schaute sich die Fotos an, die sie auf der Tanzfläche geschossen hatten. Das Schönste war verschwommen, sie küssten sich, umgeben nur von Rauch und Farben, in eine andere Realität enthoben. Er öffnete ihr Textfenster, die letzte Nachricht war von ihm.

»Schlüssel?«

Er lud das Foto in ihr Fenster hoch, tippte in die leere Zeile ein, dass er sie liebe, strich einmal noch über das Bild, bevor er seinen Finger auf den Befehl zum Senden legte. Auf halbem Weg des Balkens fror das Bild starr ein, der Bildschirm wurde ewig schwarz, ohne Anna diese Botschaft noch zu übermitteln.

Kinderstimmen flirrten wehend durch den Vorhang der geöffneten Balkontür in das Schlafzimmer herein. Anna lag unausgezogen auf dem Bett, das rechte Bein hatte es nicht mehr auf die Matratze geschafft; zu sehr hatte sich die Welt gedreht, als sie versuchte, sich aus ihrer Kleidung zu befreien. Sie fiel einfach um und schlief seither traumlos, die Falten des Bettlakens drückten sich auf ihrer Wange ein, den Atem mit verschwitzten Locken überdeckt. Es war ein warmer Sommertag, Sonnenstrahlen nährten im Zenit die Blätter des hohen Baumes im Hof, deren Schatten den Vorhang sanft befühlten. Zu den entfernten Stimmen spielender Kinder gesellte sich der Klingelton des Telefons hinzu, erst weit entfernt, dann immer nähertretend. Die ersten beiden Anrufe hatte ihre Wahrnehmung noch siegesreich erlegt, der dritte bezwang endgültig ihren Schlaf. Sie rollte auf den Rücken, zog matt den Boten aus der Hosentasche. Sie hörte, doch verstand sie nichts. Erst nachdem sie sich aufgerichtet hatte, merkte sie, wie bedrohlich Emmas Stimme klang. Der Inhalt ihrer Sätze drang noch lange nicht in Annas Kopf, viel zu absurd und unbedacht kamen die Silben an ihr Ohr gerammt. Eine immense Kälte traf ihren Körper aus dem Hinterhalt, der letzte Herzschlag hatte eine Überdosis Adrenalin durch ihre Adern geschossen. Anna war nun klar. Sie fing an zu suchen. Auf dem Bett lag die Fernbedienung nicht. Das Telefon fiel ihr aus der Hand, Anna stand zu schnell auf aus dem Bett, da traf sie die Ebbe ihres letzten Herzschlags. Alles Blut rann zurück ins Zentrum ihres Körpers, ihr Trommelfell knisterte wie Herbstlaub. Nur noch ihren Atem hörte sie, mit zerstörerischer Wucht. Anna fiel zurück auf die Matratze, sammelte die Kräfte und begann, unter der Decke aufgeregt zu fühlen. Dort lag sie auch nicht, das konnte nicht sein. Die Fernbedienung war immer entweder auf dem Bett oder eben unter der Decke zwischen die Matratzen gerutscht. Anna schrie vor Wut. Sie rannte zum

Fernseher, drückte die Taste an der Seite des Gerätes, es war der falsche Kanal. Der Fernseher schrie, die Lautstärke war auf Maximum, doch sie vernahm weiterhin nur die Frequenzen ihres Atems. Die Kinder im Hof hörten ein Promimagazin, sie schaltete um, es erklang eine Expertise, dann das vernichtende Urteil eines Hochzeitsexperten, schließlich ein Nachrichtenkanal. Anna erstarrte vor dem Fernseher, viel zu nah stand sie vor dem Bildschirm. Sie sah die einzelnen blauen Pixel einer Studiorückwand. Die absurde Frage drängte sich ihr auf, ob die Pixel auch dann neu berechnet würden, wenn sich in diesem Bildausschnitt nichts bewegte, das wäre ja eine Verschwendung, wenn der Prozessor jedes Mal die ganze Arbeit zu vollziehen hätte. Die blauen Quadrate wechselten ins Weiße, es war ein Buchstabe, ein weiterer daneben. Langsam ging sie die Worte entlang. Dann hörte sie urplötzlich nicht einmal mehr ihren eingefrorenen Atem.

Niemand sollte in solch einem Moment anwesend sein. Eine schöne Wohnung hatten sie sich ausgemalt, chaotisch, aber voller Leben, überall Spuren des alltäglichen Atems; man müsste alles bis auf die Grundmauern abreißen, wenn man diese Geschichte vergessen wollen würde.

An der Garderobe im Flur hingen die Jacken nicht auf Bügeln, jedes Mal hatte der Heimkommende einfach seine Jacke über alle anderen geworfen. Die Schuhe darunter waren ungeordnet, halb ausgezogen hingeschleudert worden; Judas schlief wie ein Shrimp eingerollt auf Annos Schuhen. Ein Müllsack lag im Wohnzimmer hingefläzt über das Parkett, die Plastikschachteln mit den Sushi-Resten schauten noch heraus, auf dem Tisch stan-

den abgebrannte Kerzen, zwei Rotweingläser mit Finger-
abdrücken und getrocknetem Rest. Hier, auf diesem Sofa
hatten sie das erste Mal in ihrer gemeinsamen Wohnung
miteinander geschlafen. Anna hatte sich dabei etwas im
Rücken verzogen, Anno war dann gezwungen gewesen,
die Wände ganz allein zu streichen, zwei ganze Male – die
erste Farbe entsprach nicht Annas Vorstellung. Neben
dem Sofa lag eine Jeans von Anno, die er zugleich mit der
Unterhose ausgezogen hatte, die Hosenbeine waren nach
innen umgestülpt. An der Wand hing ein eingerahmtes
Foto. Es war aus dem vergangenen Sommer, ein Bild, das
sie gemeinsam zeigte, und das erste, das sie damals anderen gezeigt. Im Badezimmer lagen vereinzelt Annas lange
Haare auf den Fliesen; selbst wenn man am gleichen Tag
staubgesaugt hatte, sobald sie auch nur daran dachte, die
Haare sich zu föhnen, lagen sie schon überall verteilt. Sie
teilten sich eine elektrische Zahnbürste mit zwei Köpfen,
oft hatte Anno deren Zugehörigkeit verwechselt, doch
dies passierte Anna auch, wenn sie von einem trunkenen
Abend taumelnd spät nach Hause kamen, deshalb war
es eigentlich egal. Über der Waschmaschine lagen die
Klamotten für den nächsten Waschgang, farblich nie ge-
trennt; sie benutzten Farbauffangtücher, diese hatte Anno
im Geschäft entdeckt, als er einmal mehr Anna begleiten
musste, weil sie keine einzige Gelegenheit verstreichen
ließ, um neue Gründe für den Gang in eine Drogerie zu
finden. Dort fand er auch den Abflusskopf, der alle Fremd-
körper aufzufangen versprach. Dennoch musste Anno
jede zweite Woche mit dem hochchemischen Abfluss-
reiniger ran, Anna wusste nicht, wie das geht, ohne sich
die Lungen zu verätzen. Ein Kaffeebecher stand noch auf

dem Spülkasten, die benutzten Wattepads hatten die letzten Kaffeereste aufgesaugt.

In der Küche hatte Anno gestern abgewaschen, Judas' Futternapf beinhaltete nur noch die trockenen Stücke Fleisch, den Sud schleckte er als Erstes immer ab, dann verlor er meistens das Interesse. Der Kühlschrank war übermäßig voll, immer fiel dies oder jenes heraus, wenn man die Tür öffnete. Judas war zwischenzeitlich wach geworden und hatte den Bewegungssensor der Zwitscherbox ausgelöst, die neben dem Altglas stand. Sein Fell schimmerte bläulich, als er durch die Sonnenzeichnungen auf dem Boden lief. Er sprang auf die Spüle, auf dem Tablett daneben lag die Fernbedienung.

Judas drehte sich dreimal auf der Stelle, ging dann zurück zu seinem Schlafplatz bei den Schuhen.

Aus dem Schlafzimmer schrie der Nachrichtensprecher seine Botschaft in den Innenhof hinaus, auf dem die Kinder längst schon nicht mehr spielten; es fraßen Bilder sich in die Erinnerung der jungen Seelen, die sie niemals mehr vergessen würden. Der Vorhang, der soeben noch ins Zimmer wehte, lag herabgerissen über das Geländer des Balkons gelehnt.

Blaues Licht kreiste durch wachbelebte Straßen, begleitet von Sirenen. Anna erwachte. Ihren gegenseitigen Schwur, gemeinsam zu gehen, hatte sie gebrochen. Sie betrachtete benommen ihre blutbefleckten Beine, als man sie auf der Trage durch den Gang der Notaufnahme schob. Ihr Kopf fiel nach hinten, zwischen Rumpf und Arm der Krankenschwester hielt Emma ihre Hand, auf der anderen Seite stürzte Dominik benommen auf einen Stuhl. Der Arzt sprach laut auf Anna ein, sie gab Antwort auf die lächerlichen Fragen, sie sehe drei Finger, dann zwei, schließlich erbrach sie sich vor aller Augen. Anna entschuldigte sich, entschuldigte sich wieder, es tue ihr so leid, bis sie nur noch das Licht des Deckenfluters sah, in dessen Blendung sie hineinfiel, um ihr Bewusstsein aus der Erinnerung des Herbstes wiederzuerlangen.

V.

Winter

Aus dem Anschlag ihrer blauen Fassung zogen die Pupillen langsam sich zurück. Die Blendung rieselnd weißer Punkte hallte leicht noch in die Gegenwart hinein, doch der Winter kehrte unaufhaltsam heim, erstickte vollends die zerfallene Erinnerung mit dem Atem kalter Gegenwart.

, Nachdem Nancy und Mandy den Disput über den Verflossenen auf einen nächsten Abend vertagt hatten, klackerten die Absätze hinaus. Anna rieb sich mit Toilettenpapier die Reste von der Hose, erleichtert fand sie noch eine Tablette gegen die erwachten Schmerzen, würgte sie am Wasserhahn hinunter und wuchtete die trägen Glieder in das feindliche Gebiet zurück. Nun stand sie schwankend zwischen aggressiven Körpern, suchte Emma, gab jedoch schnell auf; zu sehr brannten die Affekte sich in ihre aufgerissene Bewusstseinswunde ein. Sie hastete an der Garderobe vorbei ins Freie, wo die Winterluft sie krallend fest umarmte.

Annas Atem ließ sich in die Kälte fallen. Nachdem die Stille sie durchdrungen hatte, überließ sie ihre Richtung den pulsierenden Empfindungen der Beine. Der Schnee bebte stotternd ineinander, als sie ihn betrat.

Die Fußgängerzone schlief unter dem reflektierten Blau des Mondes. Hier und da schien aus einem Schaufenster noch die Weihnachtsbeleuchtung in den Nebel hinaus, weit kamen die Lichter jedoch nicht. An einem Reisebüro lief sie vorbei, an den bekannten großen Ketten, einem Brunnen, dann folgten Sparläden nur noch, zuhauf. So ging sie ihren weiten Weg, den sie schon unzählbar oft gegangen war. Seitdem der Schnee lag, hatte sie es leider nicht mehr hingeschafft, dies strafte ihr Gewissen. Wie lange sie in dieser Nacht gelaufen war, dafür fehlte ihr Gefühl, doch war sie bis auf das Skelett durch die scharfe weihnachtliche Kälte fast erfroren, als sie das hohe Tor schließlich erreichte, welches zu beiden Seiten hin vergittert war. Nachdem Anna dieses Hindernis mit letzten Kräften überwand und die langen Wege der Allee entlanggehend verschwand, leuchteten bewegte Scheinwerfer konkreter werdend auf.

Ein Taxi kam direkt vor dem Tor zum Stehen, Emma bat den Fahrer, hier zu warten, was dieser widerwillig akzeptierte; sie griff nach Annas Mantel und stieg aus, ging zum Tor, um es überwindend Anna gleichzutun. Kurz vor der Einbiegung zu seiner Stelle hatte Emma Anna abgefangen, wärmend fest an sich gezogen; erfüllte ihr dann aber noch den Wunsch, bei Anno, kurz nur, zu verweilen.

Nach der Heimkunft stand Anna regungslos im Flur, sagte still zu sich, dass diese Wohnung einen krank mache. Emma bat sie dringlich, sich zu waschen. Es schmerzte sie, Anna so verwahrlost, umgeben vom erfrorenen Gestank nach Schweiß und Alkohol, mit den Resten unverdauter Nahrung durchbefleckt zu sehen.

Später saßen sie noch auf dem Sofa, Emma war schon öfter eingeschlafen, wogegen sie sich quälend jedes Mal aufs Neue wehrte. Unentwegt kamen Gedanken wach aus Anna rausgeflossen, verloren in das Leere schauend.

»Ich habe sein Gesicht nicht mehr, ich versuche es; ich kann mich nicht erinnern. Es ist weg, stell ich es mir vor. Dann nehme ich ein Foto, schaue es mir lange an. Ich lege es beiseite, und schon ist es verschwunden.« Es folgte rauschend eine lange Stille.

»Anno tanzte nie. Nur in dieser einen Nacht. Als ich ihn so tanzen sah, da wusste ich, worauf ich mich am meisten freue, ich wusste ganz genau, wie mir der Augenblick erklingen würde. Es wäre ein Glucksen, voller Freude eines Kindes im Pyjama, das im Wohnzimmer mit seinem Vater tanzt, und sei's zu noch so peinlicher Musik. Das Kind hätte sehr wahrscheinlich eine Brille, und der Vater würde so befreit sich mit ihm drehen, als hätte er das Tanzen sich ein Leben lang nur dafür aufgespart.« Emma schnarchte leicht, doch Anna war zu weit versunken, um es zu bemerken.

Ein verfrühter Neujahrsgruß explodierte dumpf in weiter Ferne.

»Anno tanzt zur Stille ganz alleine, stelle ich mir dieses Bild nun wieder vor, er bewegt sich mit dem Rücken bloß zu mir; doch der Spiegel hinter ihm, er will mir sein Gesicht nicht zeigen. Es ist nur eine Fläche ohne Relief, aus der die Zeichnung ausgelaufen ist.« Anna stieß einen leisen Ton aus, konturlos und doch splitternd, wie ein Tier, das sein Junges grad verlor.

Emma wachte davon auf, sie versuchte schwer sich zu erinnern, was das Letzte war, wozu sie etwas sagen könnte. Umständlich formulierte sie ihre Vermutung, dass Annas Unterbewusstsein vielleicht ihr damit sagen will, dass …

»Bitte sei still!«, unterband Anna sofort diesen Gedanken, doch es war zu spät. Er hatte bereits durch seine bloße Existenz etwas von Bedeutung ausgerenkt, nun saß Anna ganz alleine da.

Wenn sie doch nur von ihm träumen könne, dachte sie, dann hätte sie auch wieder Kraft. Aber sie würde nicht wieder von ihm träumen, so lange sie hier, in dieser gemeinsamen Wohnung weiterleben würde, wo jedes Staubkorn aller Zeitschichten seit seinem Tode unberührt geblieben ist, wo jeder Blick laut seinen Namen rief, ohne sein Gesicht zu zeigen; nicht einmal in ihren Träumen.

Doch schließlich betrat schon gleich sie einen Traum nach dem vollzogenen Entschluss, ihr gemeinsames Zuhause gegen eine neue Episode einzutauschen, welche sie um sein Gesicht bald wieder hoffen ließ.

ZWEITER TEIL

VI.

Tiefer Winter

Vor der Dämmerung zeichnete sich der Schatten eines
Berges ab. Die Ebbe der Nacht hielt ihren Atem an, um
unter dieser Landschaft zu verweilen, der Strand des Sees
erzählte einen Gang, den Anna aus dem Wald beendet, am
stillen Wasser stehend, mit einem Foto in der Hand. Es
stammte aus dem Sommer, ein Bild, das sie gemeinsam
zeigte, und das erste, das sie damals anderen gezeigt. Die
Berge schälten ihre dunklen Kleider fort und hielten noch
die Strahlen ab, das tiefe Grün kroch in die glatte Fläche,
die dunkel still vor Anna lag. Sie berührte mit dem Fuß das
Wasser. Hätte sie nicht hingeschaut, sie hätte nicht erahnt,
dass sie die Oberfläche schon berührt, das Wasser hatte
ganz die gleiche Wärme wie ihre Haut, die darin spielte. Es
zogen Kreise von ihr fort, gingen weit bis in den See hinein,
gewannen Kraft und schoben alle Ufer mühelos beiseite.
Die Begrenzung war gelöst, der See war nun ein Meer, das
ohne Ende links wie rechts sich bis zur Nacht darunter
zog, da schaute sie hinab und vernahm das erste Zeichen.
Von einem Ufer gegenüber, das so weit hinter der Dämmerung gelegen war, dass man die Nacht einholen musste,

um es zu erreichen, kreuzten Zirkel ihr zurück, wie eine Antwort, die seit Ewigkeiten zu ihr hin sich auf den Weg gemacht. Mit jeder ankommenden Welle, welche auf die ihren stieß, erwachten weitere Farben, die diese Nacht verdrängen konnten, und mit dem Aufzug ferner Winde kam auch ein Zittern in die See. Bald zogen noch die Wolken auf und sogen alle Farben wieder fort, als das Wasser bis zum Sturm in hohe Wellen brach, in sich, wild gegeneinanderschlagend. Das andere Ufer hatte einen Baum von vielen, den der Wind sich ausgesucht, um ihm die grünen Blätter zu entreißen. Er nahm sie mit, weit über seine See, die so weit entfernt von Annas Strand gelegen war, dass seine Wasser ruhig noch lagen. Auf dem weiten Weg verloren die Blätter ihre Leben, ihr grünes Blut vermischte sich mit aufstürzenden Wellen, und bei dem Herbste ihres langen Fluges angelangt gerieten sie in einen Strudel, den ein Loch am Grunde dieses Meeres in seinem breiten Maul verschwinden ließ. Der Wind bekämpfte seine Kreise, mit den Blättern in der Hand. Er nahm sich mit dem Strudel drehend, schneller werdend einen Anlauf, um irgendwie noch auf die andere Seite zu gelangen. Von nun an war es nur ein kurzer Weg zu Anna, den die Blätter noch zu fliegen hatten, jedoch nicht weniger beschwerlich, als dass der Wind sie fest in der Stille seiner Faust beschützen musste, um sie nicht zu zerreißen. Die Blätter waren am Ende ihrer Reise angelangt, die Kreise zogen peitschend sie ums Zentrum, das nun aus Anna ganz bestand. Sie schrie. Das kleinste Herbstblatt, es war noch ein sehr junges, krallte ängstlich sich an ihre Hand, versuchte schwach, in das Innere der Hand zu steigen, doch Anna ließ das Bild nicht los, welches ihm den Weg versperrte. Anna sah nichts mehr, nur diese Blätter, welche ihr von allen Seiten das Gesicht umflogen. Der Himmel fing rot an zu leuchten und stürzte wieder in die tiefe Nacht. Das kleine Herbstblatt biss in ihre Hand, das Foto ließ sie zuckend ziehen und konnte gar nicht sehen, wie es im Strudel weit entfernt verschwand; die Blätterschar steigerte die Blendung noch. Das Rot riss wieder hoch, sie ballte fest die Faust, in deren Innern wenigstens das junge Blatt, das vor der Zeit entrissen war, seine warme Ruhe fand. Sie schloss die Augen, es pulsierte Rot, erst langsam lauter werdend, tief in das Gehör hinein, wo es den Alarm mit aufgeschlagenen Lidern in das Blinken roter Zahlen ihres Weckers sich verwandeln ließ.

Anna war verkrampft, die Fäuste hielt sie in die Luft gestreckt, als sie aus diesem Traum erwachte. Ein Krampf im Fuß zwang sie, sich aufzurichten, um am Boden ihre Sohle gegendehnend abzudrücken. Zu schnell hatte sie sich hochgerissen, ihr wurde weiß vor Augen. Sie stützte ihren Kopf auf beiden Fäusten ab, die sie immer noch nicht hatte lösen können. Erst als die Wand in ihrem Blick sich wieder lichtete, erlangte sie auch Kraft in beiden Händen, um den Druck zur Öffnung aufzulösen. Sie schaute lange auf das Blatt, das sie in ihrer Hand erblickte. Noch trunken von dem Traum bekam sie nicht zusammen, wie dieses Herbstblatt mit der Aussicht ihres Fensters denn zusammenhängen will. Aus dem Fenster schaute man zwei Stockwerke tief zur Straße, alte Weihnachtstannen türmten sich am Straßenrand, am Fensterrahmen kräuselte sich neuer Schnee. Dann kam ihr langsam eine Ahnung wieder, es war eines jener Blätter, welche Anno ihr am ersten Abend aufgehoben hatte; sie bewahrten sie seitdem in einem kleinen Kästchen auf. Dann folgte jener schwarze Tag, an dem Anna das ihre von den beiden abschiedsschwer auf Annos Urne fallen ließ.

Sie war wohl wieder schlafgewandelt, denn das Kästchen lag nebenan im Zimmer, als eines von sehr wenigen Objekten, die sie bereits aus den Kartons des Umzugs herausgenommen hatte. Anna ging hin, sobald sie konnte, ihr Schwindel war noch nicht besiegt, sie taumelte durch den Flur der neuen Wohnung, legte vorsichtig das ausgefranste Blatt an seinen Platz, schloss den Deckel zu, ging zurück ins Schlafzimmer und zog sich an. Anna bangte es davor, die alte Freundin wiederzutreffen; Emma hatte sich letzte Woche angekündigt. Über das vergangene Jahr hatten sie sich selten nur gesehen; das Schicksal hatte die Sprache ihrer Freundschaft tief verwirrt. Nun wollte Anna alles daransetzen, Emma einen guten Eindruck mit auf den Nachhauseweg zu geben.

Anna zog die Wohnungstür ins Schloss, aus der Wohnung gegenüber drang laut das Lied »Nothing compares 2 U«. Die Bewohnerin hatte es als Begleitung ihres Liebeskummers auserkoren. Einen Stock tiefer begegnete sie im Treppenhaus dem Rentner Oswald, der sie hoch erfreut begrüßte. Er hatte Schlagsahne vergessen, was ihm nun während des Pläuschchens vor seiner Tür auffiel, er hatte alles: Tomaten, Brot, das Fischfilet, doch seine Frau Sieglinde liebte ihren Kuchen nur mit Schlagsahne kredenzt, und ausgerechnet diese hatte er vergessen. Anna bot ihm an, einfach welche mitzubringen, sie sei sowieso gerade auf dem Weg, um für sich selber einzukaufen. Überschwänglich dankte er, seine Beine würden bei einem weiteren Weg nicht mitmachen, und der viele Schnee verschlimmere die Beschwernis noch. Sie verabschiedeten sich, Anna trat zur Tür hinaus, dem Winter neu entgegen.

Im Supermarkt stapelte sie alles ordentlich in ihren Korb: Aufstrich, Butter, Seife, sie kaufte alles ein, was der Fassade dienlich sei, beeilte sich zur Kasse.

Draußen hatte es zu regnen angefangen, Anna stellte sich unter das Dach der Haltestelle, legte die schweren Einkaufstüten ab, der Bus hatte Verspätung. Als er schließlich einfuhr, fluchte Anna laut, deutete dem Fahrer an, er solle weiterfahren, nachdem sie sich der Schlagsahne entsann. Diese legte sie vor Oswalds Tür, setzte gleich den Aufstieg fort. Sie wollte so durchnässt von ihren Nachbarn nicht gesehen werden, doch Oswald bemerkte sie durch den Spion und öffnete die Tür, um ihr ein wenig Kleingeld anzubieten. Er rief sehr laut, sie sei ja völlig nass, dies tue ihm sehr leid. Aus seiner Wohnung schrie der Fernseher zum Flur hinaus, sollte vor der Tür ein Krieg ausbrechen, würden sie davon nicht das Geringste registrieren, und wenn doch, dann bloß über die Berichte. Anna bedankte sich und nahm nicht an, wünschte ihnen nur noch einen schönen Tag. Auch Sieglinde war nun an die Tür gekommen und bedankte sich laut mit, dass Anna ihnen so nett ausgeholfen hatte, der Tag sei nun gerettet. Anna lächelte, manchmal brauche es nicht mehr als Sahne; und es wär auch nicht verwunderlich, sie seien schließlich noch beisammen. Anna wurde ernst, als sie erneut in die Klänge ihres Stockwerks hineingeriet. Die Nachbarin war bei einer weiteren Runde ihres Soundtracks angelangt, Anna schloss die Tür auf und achtete genau darauf, ob sich das

Lied auch dann erahnen ließe, wenn die Tür wieder geschlossen war, was sie voll Erleichterung verneinen konnte. Das Letzte, was sie weiterhin gebrauchen konnte, war eine immerwährende Erinnerung an vergangene Verluste, sie war nun bei der nächsten Stufe angelangt. Die Richtung der Entwicklung fühlte sich für Anna richtig an, auch wenn andere es wohl als Absturz in den Wahn bezeichnet hätten.

Sie füllte die Leere ihres Kühlschranks bis zur Hälfte auf, mehr hatte sie nicht tragen können. Die Uhr des Vorbewohners tickte laut herum, auch die Farbe an der Wand hatte er ihr hinterlassen, nur ein kleiner Fleck der rechten Wand erzählte noch davon, bis jetzt. Weiß hatte sie sich ausgesucht, nüchtern wollte sie das Tageslicht empfangen; die Löschung war nun ganz vollendet, mit dem letzten Strich der neuen Farbe. Sie wusch die Rolle aus, die Renovierung war beendet, dann verstaute Anna alles so, dass es, trotz des Chaos eines Umzugs, fast geordnet schien. Am provisorischen Tisch mit den drei Plastikstühlen saß sie still im Pulse lauter Zeiger, suchte in Gedanken ihren Traum des Morgens fortzuführen.

Es klingelte, eine Stunde früher als erwartet. Anna betätigte den Türöffner, rannte schnell ins Badezimmer, um sich wenigstens die Zähne noch zu putzen. Der Spiegel hing so tief, dass sie ihr Gesicht nicht sehen konnte, erst beim Ausspucken schaute sie sich an, das erste Mal seit Langem, blickte tief in fremdgewordene Augen. Das Leben hatte seine Narben hinterlassen, die Augenringe gingen weit ins Relief, ein weiteres Jahr, das nicht zu leugnen war. Sie verblieb in diesem Blick, bis es an der Wohnungstüre klopfte. Als sie öffnete, sah sie Emma, erkannte deren Furcht vor einem Wiedersehen in ihren Augen. Auch Anna wusste nicht, wie sich zu verhalten sei. Dann wich der Abstand, die Gewohnheit alter Gesten siegte, sie umarmten sich, die einst befreundeten Vertrauten. Neben sich bemerkte Anna eine weitere Person, die auf halber Treppe mit den gleichen Wunden um ein Wiedersehen rang. Sie musste zwei Mal ihn betrachten, so dünn war Dominik geworden, auch ihn umarmte sie mit weiß bemalten Händen, die treue Seele alter Tage.

»Ich dachte wirklich, das wäre dir schon lange klar«, sprach Emma. Die mitgebrachten Käsebrötchen lagen auf dem Küchentisch. Nein, das wäre ihr nicht klar gewesen, sie sei sich sicher, auch Anno müsste sehr darüber lachen, dass Emma sich und Dominik ein Paar nun nennen würde. Die aufkeimende Stille legte offen, wie betreten Emma war, dass gerade dieses Thema so leicht angesprochen ward. Auch Dominik war nicht darauf gefasst, ihm kamen Tränen, die er unterdrücken wollte, indem er aus veralteter Gewohnheit nach der Tüte griff, still fragte, ob er dürfe, und sich ein Käsebrötchen nahm.

»Ich weiß, es fällt dir schwer zu fragen, doch es geht mir gut«, begann Anna der Situation die Schwere abzunehmen. Was Trauer mit einem mache, das müsse man erst einmal verdauen. Es sei, als wären Beine abgehackt und Arme, man könne nichts berühren, nicht einmal das eigene Gesicht. Man sei abgeschnitten von der Selbstwahrnehmung, man sehe nur von außen auf den Schmerz, und denke voller Überzeugung, es sei tief von innen. Dominik hatte kaum noch Spucke übrig, um das Käsebrötchen zu zerkauen, dann fasste er sich allen Mut zusammen. Er setzte mehrmals an, da er sich an die endlos ausgedachte Formulierung seiner Bitte um Verzeihung nicht entsinnen konnte, der Knoten seiner Kehle zog sich mit jedem weiteren Versuch nur noch fester zu. Lange schaute Anna ihn undeutbar liebevoll und sehr still an, als er zu Ende sprach und sie begriff, dass Annos Ableben durch den besagten, von Dominik unüberhörten Anruf erst besiegelt wurde, durch die bloße Annahme des Hilferufs mit einem Einfall, dessen tiefe Schattenschuld den alten Freund seitdem zerfraß. Dann entschied sie sich dagegen, das Gesagte auch gehört zu haben; die Schwerkraft solcher Gänge der Gedanken hätte ihr nicht mehr erlaubt, weiter dort zu sitzen.

»Ich habe auch noch Butter da, Salami!«, bot sie Dominik an, mit einer Stimme, die so klar und freundlich klang, dass er sie sich verzeihend deutete. Er bedankte sich, es sei nicht nötig, so pur möge er sein Käsebrötchen lieber. Seine Seele wog nun leichter, dies gestand er ihr, während laut sein Kiefer knackste.

Emma bat ihn, die beiden kurz allein zu lassen, was Dominik auch gern erfüllte. Als er aus dem Zimmer lief, versuchte Anna sogleich, jede Stille im Vorfeld zu erlegen, es gehe ihr sehr gut, doch Emma schaute irritiert, weil Anna keinerlei Bezug zu der soeben eingeschlagenen Botschaft nahm. Sie fuhr unbeirrt fort, Emma traue ihr nicht zu, stark zu sein, das enttäusche sie. Bis zu diesem Punkt sei es sehr schwer gewesen, denn er sei nicht da, und Emma würde ihr soeben mit diesen mitleidvollen Blicken sagen, dass sie überzeugt sei, ohne Anno könne Anna immer noch nicht existieren.

»Nein, ich …«, versuchte Emma einzuwenden, Anna unterbrach: »Das muss ich gar nicht.«

Die Freundin wusste sich den Ursprung dieses Satzes überhaupt nicht zu entflechten. Ohne ihn, sagte Anna, dass sie ohne ihn nicht leben müsse. Um das Gesicht ihres alten Lebens wiederzuerlangen, habe sie nur loslassen müssen. Emma schwieg, da sie sich nicht sicher war, wie auch diese Worte aufzufassen seien.

»Ich esse wieder mehr, und ich schlafe auch, viel mehr als vorher. Und nach dem Aufwachen ist immer Morgen!«

Anna hatte nun genug getan, um ihren Aufschwung zu beweisen, sie beugte sich zu Emma vor, um dezent ein anderes Thema anzusprechen.

»Wie ist der Sex?«, sprach sie leise, nickte in Richtung Wohnzimmer, aus dem dezent sich Zigarettenrauch verteilte. Es freute Anna, dass Dominik vertrauensvoll in ihrer Wohnung sich die Freiheit nahm, am Fenster ungefragt zu rauchen, dann erst fiel ihr wieder ein, dass er dem Rauchen früher strikt verfeindet war.

Emma schüttelte die Frage für einige Momente aus dem Weg, sie schien ihr deplatziert im Kontext des Gesprächs. Dann gab sie nach und sprach, als sie bemerkte, wie Anna ihre Scham nicht aus den Augen ließ, dabei lächelnd eine Antwort forderte:

»Ich bringe es ihm schon noch wieder bei.«

Einen Moment lang genossen sie den Hauch der alten Leichtigkeit, dann wurde Emma wieder ernst und sprach, sie glaube, Judas würde sie vermissen; wann immer sie nur so weit sei, um ihn wieder bei sich aufzunehmen.

Umarmungen vollendeten den Bogen von der Ankunft hin zum Abschied, Anna schaute lange ihnen auf der Treppe nach, als das Liebespaar in wunder Schweigsamkeit verschwand. Das Lied der Nachbarin setzte neu an, lauter als zuvor. Es begleitete die bleich erschöpfte Anna von der Tür bis in das Zimmer ihres Schlafes, auf dem Weg dorthin fielen ihre Schultern unter dem Gewicht der abgefallenen Last zusammen, erschöpft sank sie aufs Bett und hatte keine Kraft mehr, sich zu regen. Jetzt war sie wieder angelangt in ihrem Hafen, der jeden Tag das Ziel all ihres Strebens war, da sie von nun an nur noch lebte, um zu schlafen.

VII.

∞

Das Gepäckausgabeband schlängelte sich in unzähligen Windungen durch die große leere Ankunftshalle. Anno war der Letzte am laufenden Band. Ein Koffer kam aus der Luke gefahren, nahm seinen Weg durch die halbe Halle an seinem wirr verlorenen Blick vorbei, fuhr weiter und verschwand wieder in der Wand am anderen Ende, nach unzähligen Kurven und Geraden.

Hinten aus der Halle kam jemand von den Toiletten, stellte sich genau dorthin, wo Anno tief ins Leere blickte. Der Dazugekommene hatte ein bemerkenswertes Aussehen. Seine Kleider waren alt, ein Dreiteiler in gedeckten Farben, auf deren Kombination man nie gekommen wäre, doch die Willkür der Eklektik hielt es kongruent beisammen. Seine Nase war äußerst markant, mild lächelte die Zeichnung seiner Züge, obwohl er ernst herüberschaute. Der Mann betrachtete Anno erwartungsvoll. Erst dann bemerkte dieser seinen Blick, realisierte langsam, dass da jemand stand. Anno nickte kurz, der Fremde ebenfalls, dann suchte Anno rasch nach einem anderen Punkt, in den er sich hineindenkend vertiefte.

Der Mann schob seine Hände in die Hosentaschen, bereit, jegliche Geduld aufzubringen, die diese neue Lage abverlangen würde. Der Koffer kam wieder aus der Luke, es war derselbe wie zuvor. Nachdem er die Kurve Richtung Gerade zwischen beide Wartenden genommen hatte, fragte der Fremde, ob dies nicht Annos sei.

»Ich habe kein Gepäck aufgegeben«, sprach dieser matt, nach langer Zeit des Denkens.

Annos Kopf war nah der Ohnmacht, so viel hatte er die letzten Stunden überlegt, gedacht, erwogen, als habe er die Welt nicht in einem halben Dutzend langer Tage, sondern bloß in einem Augenblick denkend sich erschaffen.

»Anno?«, fiel sein Name aus dem Mund des Fremden. So warm er ihn auch ausgesprochen, so kalt traf er ins Herz. Woher er seinen Namen wisse, kam Anno als Extrakt des Überlegens hallend in das Rauschen des Bewusstseins schwer hinein. Der Mann unterbrach den Anlauf Annos, diese Frage laut zu formulieren, indem er sprach, woran er sich erinnern konnte, gab ihm als Frage diesen Satz zur Hilfe. Das Rauschen schwand, Anno suchte klar nach einem letzten Hinweis.

Im Flugzeug habe er gesessen, dann sprach er seine Antwort nur noch in Gedanken weiter aus. Er habe allein sie gesehen, so dachte er, es sei gewesen, als würde all sein Denken so schnell kreisen, dass sein Hirn verbrannte, überangestrengt von diesem Sturm der Bilder und Gedanken. Dann kroch ihm eine nächste Frage ins Bewusstsein, die er sich nicht einmal zu denken traute; er fürchtete, eine Antwort würde ihm die Hoffnung zur Bejahung nehmen.

»Bin ich ...?«

»Am Träumen?«, ergänzte ihm der Mann die angedachte

Frage. »Nein, bist du nicht. Du träumst gerade nicht, befindest dich nicht inmitten eines Drogenrauschs, und es gibt auch sonst keine ausweichende Erklärung, um dir die derzeitige Lage zu entschärfen.«

In Anno starb die Hoffnung. Behutsam betrachtete der Mann ihn weiter, sprach laut auf die Gedanken hin, die Anno weiter sich gedacht, er bettelte um die Verneinung seiner stummen Frage, ob er tot sei.

»Jein«, setzte der Mann einen unkonkreten Anfang. »Den Tod gibt es nur in einer Theorie, die Zeit enthält, da es in ihr ein Davor und einen zeitlichen Moment des Todes selbst noch geben muss, damit sie funktioniert.« Zumindest solange die Menschen sich mit dieser Theorie zufriedengäben oder schlimmer noch, nicht aufbegehrten, wenn sie sich von anderen dadurch kontrollieren ließen. »Der Gedanke an den Tod macht hörig, genauso wie die Ablenkung vom Tode selbst auch süchtig machen kann, derer Menschen sich sehr kreativ bedienen, um nicht wahnsinnig zu werden: Arbeit, Alkohol und Teleshopping, dies alles ist nichts anderes als eine Geißelung ohne jegliche Notwendigkeit.«

Anno starrte nun der Schlange direkt in die Augen. »Bist du Gott?«, fragte er paralysiert.

Diese Frage traf den Mann nicht unerwartet. »Immer dieser Gott. Und wenn, dann wärst's vor allem du, doch eines nach dem anderen. Nein. Ich sehe aus, wie ich jetzt scheine, weil du noch so daran gewöhnt bist, dass dir jemand alles vorzukauen hat, anstatt dass du die Antwort selbst erkennst. Ich bin hier, damit es leichter für dich ist und du dir in der neuen Lage nicht auch noch selber gegenüberstehst.«

Annos Seele war so ruhig, dass er sich sogar selbst verwunderte, wie rational im Augenblick bestätigter Gewissheit er imstande war, derart ruhevoll zu denken. Er fühlte keine Trauer, keine Lähmung, nichts, was er im Moment herausgerissenen Herzens eigentlich erwartet hätte. Anno fragte ihn, wer er selber sei, wenn er, wie der Mann es formulierte, sich denn selber gegenüberstehe.

Der Fremde nickte anerkennend, dies sei eine treffendere Richtung. Anno sei die Antwort auf die Frage, warum er überhaupt sei, doch in seiner Schwammigkeit war dieser Satz nicht leicht zu deuten.

»Was war die bisherige Antwort?«, ließ Anno sich auf das Gespräch nun tiefer ein.

»Gravitation, im weitesten Sinne, und somit der Urknall unseres Universums«

»Und was ist die Antwort jetzt?«

»Auch«, sprach der Mann nach einer Überlegung, »nur eben anders, als von dir gedacht.«

»Ich dachte nichts.«

»Denkst du!«

Doch dies war nicht der rechte Ort, um sich die Bedeutung dieser Sätze zu erklären, also fuhr er fort: »Später dazu mehr, jetzt folge mir!«

Gemeinsam verließen sie die Halle, der Mann ging führend vor, und Anno langsam folgend nach, unterbrach den Weg mit einer nächsten Frage: »Wie heißt du eigentlich?«, sprach er, mit der unbedarften Neugier eines jungen Menschen, was den Mann sehr rührte. Er entschuldigte sich, »Ich heiße –«, abrupt überlegte er sehr lange, wägte ab, verwarf, suchte erneut und taufte sich dann schließlich »Paul!«.

Sie traten durch die Tür hinaus, nachdem sie sich die Hand geschüttelt; den herrenlosen Koffer ließen sie für alle Zeiten weiter seine Kreise ziehen.

Sie kamen nun hinein in einen nächsten Raum, der alle Zeichen einer Wartehalle trug, wie Anno sie zuhauf in früheren Behörden, umgeben von besetzten Sitzen zu ertragen hatte – doch dieser Warteraum war leer. Es gab nur eine weitere Tür, darüber hing die Fläche einer Tafel, die als eine Anzeige zu deuten war, sehr viel Platz für viele Zeichen; zu sehen waren jedoch keine, denn sie ruhte ohne Strom.

»Ziehst du bitte?«, sprach Paul lenkend, und zeigte hin zu einem Automaten, auf dessen Vorderseite »Wartemarke« stand. Nach langem Zischen alter Druckpatronen fiel ein kleines Blatt herunter in das Fach, mit der Wartenummer Eins.

»Das kann ja nicht lang dauern«, sprach Anno ohne einen Hauch von Kenntnis, dass er noch die Wahrheit allen Anfangs zu erfahren hatte, bevor die Zahl sich würde bitten lassen. Umständlich suchten beide nach dem rechten Platz, setzten sich auch mehrmals um, da Anno nicht geheuer war, dass Paul sich direkt neben ihn zu setzen hatte. Nach erneutem Umzug gab Anno schließlich auf und ließ den neuen Freund, was soll's, eng an seiner Seite sitzen.

Jetzt werde es ein wenig theoretisch, fing Paul an, vielleicht auch ein wenig kompliziert und fad, doch es müsse manchmal auch ein solcher Absatz durchgestanden werden. »Doch hast du all das hinter dir, wird die Wartezeit vergangen sein, und du verstehst dann auch viel besser, was hier vor sich geht. Es gibt unzählige Versuche, die Welt sich zu erklären, aus Absichten heraus, die meistens auf den Eigennutz hinzielen. Die zähesten basieren schlicht darauf, dass sie dahingehend konzipiert sind, Menschen in ihrer Verzweiflung auszubeuten, ich erwähnte es bereits. Doch Religion war ursprünglich nichts anderes als der Versuch einer Erklärung, aus der Not eines Mangels hoher Wissenschaft. Das ist das Dilemma aller Religion, denn sobald sich die universellen Regeln der Natur durch gebildeten Verstand begreifen lassen, hat jede Theorie, die einen Gott zur Basis seiner Existenz erklärt, ein Glaubwürdigkeitsproblem – sofern den Anhängern nicht zur Genüge der Verstand in Angst gewaschen wurde, um sich doch vielleicht zu trauen, die Beschränkung ihrer Ansichten zu hinterfragen. Wenn einem Argument die Feindlichkeit im Vorfeld zugeschrieben wird, verteidigt man die Basis seines Denkens gegen jede Rationalität; konfrontiert man einfache Gedankenfähigkeit mit allzu viel Komplexität, für die der Rezipient, um sie sich zu deuten, bloß unzureichende Verstandesübung hat, dann fühlt man sich als simpler Mensch leicht provoziert; mit Populisten und Verschwörungstheoretikern ist es ganz das Gleiche, auch wenn sie noch so stets das Gegenteil behaupten, doch ich schweife ab.

Fakt ist: Im Anfang war der Urknall. Alle Materie des Weltraums war zuvor in einem unendlich kleinen Punkt komprimiert, einfach alles, was du dir denken kannst, war Bestandteil dieser Enge: die Erde, die Ringe des Saturns, die Sonne, alle Sterne, Galaxien, ja sogar dein Schlüsselbund, wenngleich noch nicht in dieser dir bekannten Form. Dann expandierte dieser Kern, der all das in sich trug, es detonierte neuer Raum, ein Tropfen wuchs, eine

Blase voller heller, nebliger Materie, die zum Weltall gravitätisch auseinanderkrachte. Es entstanden Sterne, um deren Mitte sich Planeten drehten, welche über lange Zeit durch Trümmerteile wabernd wuchsen, jeder denk- und undenkbaren Art. Und irgendwo am Rande einer Galaxie drehte sich dann irgendwann eine kleine Murmel kühler werdend um die dir bekannte Sonne, bombardiert von Elementen herabstürzender Gesteine. Es setzten Zellen sich zusammen, die sich wiederum zusammenschlossen, und irgendwann krochen sie aus ihrem Element heraus, passten sich dem neuen Umstand an, bis schließlich ein zu großer Meteor alles Leben löschte und die gleiche Prozedur von vorne beginnen ließ. Dieses Mal ging es nicht schief, die Zellen fraßen sich dem Überleben hin entgegen, erst verspeisten Tiere sich, dann schlugen Keulen voller Wut auf ihre Schädel ein. Instinkte waren anfangs dieser Ahnen Helfer, bis die Kultur sich aus den Lehren schälte und durch neues Wissen, durch Verstand und Bildung von den animalischen Reflexen Führung übernahm.

Die Spirale zog sich fort, die Geschichtsbücher erzählen diese Lehren für die Aufmerksamen – wenn nur sich die Menschheit trotz ihrer Arroganz voll überschätzten Besserwissertums selbst um eine Wiederholung ihrer Fehler bringen würde – lange Rede, kurzer Sinn, ich verkürze: Irgendwann trafst du auf Anna. Ihr, die Enden zweier Fäden, welche durch die Hände aller Vorfahren gesponnen, allen Kriegen, allen Pandemien zum Trotze, konnten unzerrissen sich zu einer Schlaufe hin vereinen, auch wenn dein Garn leider darin, für dich dem Anschein nach, sein jähes Ende fand. Die große Frage aber lautet: Was war vor dem Urknall, wie kam er zustande? Diese Frage quält seit

Ewigkeiten jede Suche, die sich aus bloßer Logik nicht mit einem Gott als Richtung je zufriedengeben kann, auch wenn der Urknall die letzte Bastion darstellt, in der ein Gott sich halbwegs sicher wähnen darf, und das bloß, weil der Mensch noch nicht imstande ist, die Zeichen der Gesetze dahingehend sich zu deuten, was diesen Vorgang angestoßen hat – bis jetzt. Sag also zum Abschied Lebewohl zu deinem Gott.«

Eine lange Stille fraß sich in die Spannung des Moments. Anno wusste nicht, ob er nun gebeten war, etwas drauf zu sagen, also fragte er der Vorsicht halber einmal nach: »Kommt noch was?«

»Ja, natürlich. Betrachten wir zum Verständnis nun die Theorie, die Wahrheit definiert, da sie durch dich bewiesen wurde und somit weiter keine Theorie mehr ist! Dass die Vorstellung vom Urknall richtig ist, wenn auch anders als vom momentanen Stand der Wissenschaft gedacht, das zeigt uns jetzt der folgende Diskurs. Gehirne, ob auf der Erde oder wo auch immer, werden bloß zu einem Bruchteil ihres Potenzials verwendet, da sie im Wachzustand nur eine Handvoll Dimensionen abarbeiten müssen.«

Der Inhalt des Gesagten irritierte Anno sehr, er fragte nach, was Paul mit »wo auch immer« meine, doch Paul wiederholte einfach stoisch seinen Text, ohne weiter auf naive Fragen einzugehen.

»Gehirne, ob auf der Erde oder wo auch immer, werden bloß zu einem Bruchteil ihres Potenzials verwendet, da sie im Wachzustand nur eine Handvoll Dimensionen abarbeiten müssen. Warum ein solch verschwendetes Potenzial den Hirnen innewohnt, das im Leben nie ganz ausgeschöpft wird? Die Antwort ist die gleiche wie die

Antwort auf die Frage nach dem Ursprung unser aller Existenz. Deine Liebe ist der Grund für das Entstehen der Gravitation, durch deine Gedanken an Anna. Und sie verursachten den Urknall.«

Annos Blick war leer, angestrengt und voller Fragen, trotz der unerklärbaren Gelassenheit. Paul fuhr fort, versuchte leichter zu beschreiben: »Du hast deine Bewusstseinsebene aufgelöst, als du, in Todesangst, alles, was du mit Anna erlebt hast und auch in Zukunft noch erleben wolltest, tatsächlich in deinem Kopf durchlebt hast. In deinem Hirn fuhr der Prozessor hoch auf über einhundert Prozent, es gab einen Kurzschluss biochemischer Natur. Es entstand eine Gravitation um die Gedanken, die sich zu einem unendlich kleinen und unendlich heißen Punkt hin komprimierten. Und dieser Punkt, aus dem dieses Universum entstand, bestand nicht etwa aus Masse, wie es bislang angenommen wurde, er bestand allein aus Gedanken, und derer allein deiner. Das war der Denkfehler der bisherigen Theorie. Das Gehirn besitzt aus einem Grund nur dieses Potenzial: damit es sich den Urknall denkend selbst erschaffen kann, sowie es einen Grund dazu bekommt. Und dieser Grund kann nur die Liebe sein, niemals kommt der Hass so weit, da für diesen Vorgang des Verstandes Kraft benötigt wird und nicht dessen Vollverweigerung. So viel nun zum ersten Themenkomplex. Kommen wir zum zweiten mit der Überschrift: die Zeit. Es gibt Theorien, die besagen, dass sich die Begründung für den Urknall 13,8 Milliarden Jahre weit entfernt, tief in der Vergangenheit befinden muss. Dies ist nicht korrekt. Deine Gedanken haben rückwirkend das Universum sich erschaffen, in dem sie erst entstehen konnten.«

Nur deshalb könnten sie hier sitzen und Paul erzählen lassen, dass sie gerade jetzt, an diesem Ort der Zeit, die es nicht gibt, der Geburt des Universums assistieren würden. Begeistert schwang er beide Hände in die Luft, doch der Funke sprang noch nicht auf Anno über. Paul drängte weiter, Anno solle sich erinnern, wie er das erste Mal nach langer Zeit an Orte seiner Jugend gekommen sei. Wie sei das Gefühl gewesen, das er dann gehabt? Anno dachte eine Antwort, wusste jedoch nicht sie laut zu formulieren.

»Sprich es nun genauso aus, wie du es gerade dachtest!«, gab Paul ihm die Gewissheit, dass er seine Antwort schon gehört, also würde sie so falsch nicht sein.

Anno sprach, es sei gewesen wie ein Echo der Erinnerung, nur kälter, vergleichbar einer Schlange, die sich längst gehäutet habe. Zwar sei es scheinbar gleicher Raum gewesen, doch sehr anders, unvergleichlich im Gefühl.

»Es war gar nicht der gleiche Raum«, griff Paul ein, dankbar für die Überleitung. »Man denkt, man geht die gleichen Orte ab, doch man unterschlägt viele Variablen dieser Gleichung, denn man berücksichtigt so nicht, dass die Erde a) sich um sich selber dreht, b) Kreise um die Sonne zieht, c) mit der Sonne um das Zentrum ihrer Galaxie rotiert – es sind sehr viele Variablen, zusätzliche Größen, bis hin zu Z, dass unser Universum, in all seiner unfassbaren Größe, noch dazu selber expandiert. Also unendlich viele Dimensionen, die es ganz unmöglich machen, dass jemals gleicher Raum verschiedenzeitig wahrgenommen werden kann. Jeder Moment im Leben ist untrennbar mit einem einzigen Ort innerhalb des Universums fest verbunden. Zeit gibt es nicht, es gibt nur einen Ort, an dem ein bestimmter Zustand, eine bestimmte Stimmung präsent war, ist und sein wird. Das kennt man aus der Schule, Mathe, Oberstufe.«

Den neuen, abwegigen Exkurs hatte Anno nicht erwartet, er schaute auf Pauls Hände, die einen Stift, dann einen Zettel aus seiner Innentasche griffen. Er begann zu zeichnen, koordinierte ein System, aus dessen Kreuz er eine Kurve malte. Unweigerlich musste Anno an Frau Finkmann denken, ja, es war die Stunde voller Scham gewesen.

Paul übernahm, die Gedanken zog er ihm zurück. »Diese Kurve hier zum Beispiel. Nennen wir sie Zeit. Du hast damals nicht verstanden, was Frau Finkmann wollte, richtig?«

Anno reagierte überrascht und leicht ihm nickend, trotz großer Absicht nicht drauf einzugehen. Paul schmunzelte.

»Jedenfalls hast du nicht verstanden, was Frau Finkmann wollte, als sie von dir verlangte, die Steigung eines Punktes dieser Kurve zu bestimmen. Du dachtest: Der Punkt, der hat doch keine Steigung, er ist ja nur ein Punkt, nicht wahr?«

Anno wisse nicht, es sei zu lange her, und überhaupt, er verstehe nicht, warum dies von Bedeutung sei.

»Es ist so, glaube mir, keiner wird das je kapieren.« Doch jetzt sei Anno nicht mehr Keiner, er müsse nun versuchen zu verstehen. »Dieser Punkt ist das Produkt des Ursprungs, aus dem er kommt, in Verbindung mit der Richtung, in welche er tendiert. Man kann das mathematisch lösen, wenn man will. Diese Kurve ist übersetzt nun also – was?«, forderte Paul von Anno eine Antwort ein, dann versuchte er sein Glück.

Fragend sprach Anno, ob es sich um eine Aneinanderreihung vieler Augenblicke handeln könne. Paul war sehr zufrieden.

»Genau! Die Bewegung dieser Kurve ist dein Bewusstsein, das so langsam ist in der Verarbeitung des Ganzen, dass es Stück für Stück vorzugehen hat. Löst sich dein Bewusstsein nun von der Beschränkung, überblickst du bald das große Ganze. Du hast dich von dem Takt befreit, den du selber angestoßen hast.«

Anno ließ sich ganz auf Pauls Gedanken ein, auch wenn noch unabschätzbar vieles fehlte, um ihm das Bild in seiner Gänze zu erklären. Die erste Frage wählte Anno aus, hinter der von allen ihm am meisten neue Hoffnung durchzuschimmern schien, um diese mit Pauls Antwort hoffentlich zu nähren: »Alles findet jetzt statt, nur woanders?«

Und kaum, dass er die Frage ausgesprochen hatte, belebte Strom die Tafel leerer Zeichen, der Lüfter an der Seite des Geräts sprang an. Paul freute dieser Fortschritt, er nahm nun Anno bei der Hand, was diesen selbst ein wenig überraschte, dass er ohne Absicht, es zu unterdrücken, Paul seine Hand auch nehmen ließ.

»Alles jetzt!«, kam es begeistert von Pauls Lippen.

Ob er jetzt, in diesem Augenblick mit Anna sei, gab er Paul zurück.

»Im Wartezimmer, als ihr aufeinandertraft, im scheinbar gleichen Raum, als du deine Anna abholtest von ihrem Eingriff, auf dem Gästebett, lernst sie kennen, in jedem einzelnen Moment!«, drängte Paul ihn hin, dies einfach anzunehmen, wie er es gerade ausgesprochen hatte, und er nickte lange heftig nach.

Doch momentan sei er bewusst in diesem Wartesaal mit Paul, sprach Anno ohne eine Ahnung, wie dies sich zu erklären sei.

Paul versuchte weiter: »Dein Bewusstsein ist bloß hier, weil du aus deiner Kontinuität gefallen bist, um sie erst zu schaffen!«

Ob er ihr ein Zeichen geben könne, dass er lebe, fragte Anno, und bekam darauf zurück, dass er dies doch täte, sonst würde es das alles gar nicht geben.

»Aber momentan denkt sie doch fälschlich, dass ich schon gestorben bin!«

Paul erklärte ihm, dies stimme, zumindest mit der Gültigkeit allein für erste Dimensionen. Und dies müsse auch so sein, denn nur durch diese Lage wird sie irgendwann imstande sein, sich durch ihre eigenen Gedanken ein ganz eigenes Universum zu erschaffen.

»Sie kann ohne mich nicht leben«, sprach Anno unbedacht heraus.

Paul erkundigte sich mahnend, ob er es wirklich ernsthaft meinen könne, so klein von ihr zu denken. Dann gestand sich Anno ein, was dieser Satz an Wahrheit implizierte. Er sei es selbst, der ohne sie nicht weiterleben könne.

»Das ist etwas anderes, du Egoist!«, sprach Paul und hob die Augenbraue hoch, leicht schmunzelnd hin zum letzten Wort. Und dies sei auch der Grund, warum dies alles überhaupt entstand.

»Kann ich irgendwie zurück?«, suchte Anno weiter einen Weg, irgendeinen müsse es doch geben.

»Ja, es gibt so was wie automatische Speicherpunkte. Wann immer du einen Orgasmus hattest, den sogenannten kleinen Tod, hast du einen Tunnel aufgemacht, ein sogenanntes Schwarzes Loch, durch welches du in dein Bewusstsein von damals wiederkehren kannst.«

»Wie wähle ich nun aus, welchen Tunnel ich beschreite?«

»Ja, das ist der Haken. Du kannst nicht wählen. Du gehst
da durch, und hast die Macht darüber nicht, wann du ...«
Paul schob eine Frage kurz dazwischen: »Du hast relativ
viel masturbiert, nicht wahr?«, kam die Frage schnell geschossen, beantwortet von einem Blick in Annos Augen,
der Paul sehr amüsierte.

Dann druckste er, es sei, wie solle er sagen, eher durch-
schnittlich gewesen; hoffend, dass Paul die treffendere Antwort nicht sowieso schon kannte, doch dieser trieb es auf
die Spitze.

»So so. Du musst also in diesem Warteraum einfach an-
fangen zu masturbieren, ich kann auch rausgehen, wenn
du ungestört sein willst, und schon kommst du in einem
dieser Augenblicke wieder zu Bewusstsein. Entweder
alleine oder mit Anna, da gab es auch sehr viele – oder
schlimmstenfalls mit Elke«, reihte er die Worte aneinander,
voller Freude auf den jeweils nächsten Blick in Annos Augen, von denen jeder ihn noch mehr vergnügte als der Blick
zuvor. Dann konnte Paul nicht weiter innehalten, er lachte
laut heraus. Ein Spaß sei es gewesen, wie er noch keinen
je erlebt, so außer sich verfiel er in ein Kichern, zeigte bohrend mit dem Finger auf das Opfer seines eigenwilligen
Humors. »So ein Humbug, natürlich geht es nicht!«, fuhr
Paul fort, als seine Atmung wieder ruhig geworden war, er
schließlich Annos Blick voll seiner Traurigkeit bemerkte.
Anno versuchte zu begründen: »Es klang logisch.«

»Logisch? Sex scheint immer logisch, da er dem Überleben dient, das bekommen wir auch niemals aus dem
Sumpf des Urinstinkts heraus. Die helfende Umarmung
in der Flüchtlingskrise, die war logisch! Diente sie doch
ebenfalls dem Überleben, doch einige beanspruchen das

Recht darauf in ihrer grenzenlosen Ignoranz bloß für sich allein.«

Es folgte eine Stille, in der sich beide einig waren.

Paul überlegte, es sei eine Differenzierung noch vonnöten. »Im religiösen Sinne logisch, aber was hat Religion mit Logik schon am Hut? Jedem Universum jene erfundenen Götter, die es verdient.«

Anno hörte wachsam zu, pflichtete Paul bei, »wenn nur nicht so viele Menschen darunter leiden müssten«, stockte mit dem letzten Wort, um eine neue Frage anzubringen, auf die ihn Paul mit seinem letzten Satz gebracht, doch Anno wurde unterbrochen, ehe er sie stellen konnte.

»Ja, dieses Zölibat ist wirklich das bescheuertste überhaupt.«

Anno schaute kurz verwirrt, sprach dann die Frage aus, die ihm zwischenzeitlich eingefallen war, um nicht den Faden zu verlieren.

»Es gibt mehrere?«

Paul bezog die Frage fälschlich auf sein altes Thema, worauf er sich erneut fixierte und in tiefe Rage schwang.

»Bescheuerte religiöse Irgendwasse? Ja, es gibt die wahnsinnigsten Formen mit katastrophalen Konsequenzen, das kannst du dir nicht denken! Und dann untersuchen sie noch nicht mal diese Fälle, sondern wedeln skrupellos alles unter ihren teuren Teppich. Alles wird verdeckt, was ihren Machtmissbrauch nackt die Wahrheit sprechen lässt. Allein aus diesem Grund sollte es ihre so geliebte Hölle geben, damit diese Kriminellen ewig darin schmoren können, doch leider, wirklich leider, gibt es diese nicht.

Für die Wissenschaft, und deshalb mag ich sie so sehr, ist ein Scheitern ein Erfolg, da sie sich verbessern und Lehren daraus ziehen kann. Für den Glauben, und aus diesem Grund hasse ich ihn so sehr auf Erden, ist ein Scheitern bloß ein Grund, um kriminell aktiv zu werden.«

Anno kam nicht dazwischen, bis Paul schließlich Luft holen musste, und sprach beschwichtigend, er respektiere seine Meinung, wenngleich Paul es sich nun ebenfalls zu einfach mache, indem er so pauschalisiere. Abgesehen vom schändlichen Verhalten Einzelner habe der Glaube sicherlich auch Gutes, hielt Anno Paul recht vorsichtig und doch bestimmt entgegen.

»Ja, natürlich, aber: Anhand des Glaubens wollte ich ein Beispiel für die Schlechtigkeit des Kerns im Allgemeinen zeichnen. Man darf doch ein System, welcher Art auch immer, nicht nur an den Aspekten messen, die einem selbst oder einer Gruppe Vorteile verschaffen, sondern zugleich an der Bereitschaft, sich, auch wenn es ungemütlich ist, ernsthaft selbst zu hinterfragen und Verbrechen zu benennen, sobald man sie erkennt, und nicht erst, wenn man halt gezwungen ist, sich dafür zu entschuldigen. Denn das allein ist doch das Fundament, welches einen falschen Kurs überhaupt erst glaubhaft korrigierbar werden lässt!«

Anno hatte keine Lust, sich Pauls Tsunami der Verbitterung weiter in den Weg zu stellen, also kehrte er zurück zu seiner eigentlichen Frage. Paul habe vorhin ausgesprochen, jedem Universum sei der Gott zugehörig, den es auch verdiene, also gebe es von diesem Universum mehrere?

Empört zog Paul die Luft in sich hinein. »Ist es nicht arrogant, das auszuschließen? Genauso wie es auch vermessen war, einst die Welt als Mittelpunkt des Universums anzusehen! Oder gar als eine Scheibe! Allerdings ist gerade diese Theorie sogar dazu viel zu blöd, um sich selbst zu überhöhen. Da gibt es wirklich keinen Mehrwert zu erkennen. Stell dir vor, jemand kommt zu dir und spricht: Ich schenke dir Gewissheit, dass du am Ende deines Horizonts hinunterfällst. Ja super, danke! – Vielleicht will ich aber gar nicht runterfallen, vielleicht möchte ich zum Ausgangspunkt zurück, indem ich geradeaus mich weiterbilde und bereichert von der anderen Seite wiederkehren kann, aber gut – jeder, wie er will und wie er meint, doch geht es irgendwann zu weit, dann gibt es gar nichts zu verhandeln. Psychosen sind nicht eine Meinung, sondern eine Krankheit, und die muss man behandeln; doch ich drifte wieder ab, also zurück zu deiner Frage. Ja, natürlich gibt es viele Universen. Es ist allerdings nicht leicht, sich das zu verbildlichen. Es gibt derer eine Unzahl, und die befinden sich nicht neben-, sondern sie entstehen ineinander. Jedes Schwarze Loch, und von denen existieren zahllos viele – da gibt es viele Dokumentationen drüber, des Nachts, wenn wieder mal nichts Besseres im Fernsehen lief, hast du mit Sicherheit eine solche auch schon mal gesehen; ich fasse die Erkenntnisse der Wissenssendungen zusammen: keine. Die Wissenschaft hat nicht den Schimmer einer Ahnung, was Schwarze Löcher wirklich sind – im Gegensatz zu mir!«, sprach Paul sehr stolz zum Abschluss aus, hoffend, dass Anno um die Einbeziehung in sein Wissen bitten würde, doch dieser ließ sich Zeit, schloss seine Augen, atmete tief durch und genoss erst mal die Stille. Es war zwar interessant, doch auch sehr ermüdend. Dann ruckelte Paul auf seinem Stuhl, schaute vorfreudvoll zu Anno, schließlich fragte der gespielt spontan: »Möchtest du mir vielleicht –« Ungeduldig unterbrach ihn Paul: »Sehr gerne, ja! Jedes Schwarze Loch ist ein umgekehrtes Universum innerhalb des anderen, erschaffen durch Gedanken eines Hirnes, das nicht sterben konnte, so wie deines, wegen deiner Anna. Zur leichteren Illustration möchte ich dir Schwarze Löcher metaphorisch übersetzen: Sie gleichen einem Luftballon, den man tief in seine Lunge zieht, anstatt ihn aufzublasen.

Und diese Schwarzen Löcher befinden sich nun dort, bedenke A bis Z, wo jemand innerhalb des Universums an der Endlichkeit zugrunde ging, um rückwirkend zu leben, ganz so wie du, innerhalb des Universums eines anderen. Du hast Anna nicht ohne Grund ›Sonnenschein‹ genannt, auch wenn dies außerhalb deiner Kenntnis war, denn es entstand im übergeordneten Gebilde eine Sonne, die zu ihrem Ende hin unter ihrem eigenen Gewicht zu einem Schwarzen Loch einstürzte und invertiert diesen Kosmos hier entstehen ließ. Somit heißt es richtig: Jedem Liebenden sein Universum.«

Anno überlegte. »Und wer war der Liebende, der sich das erste Universum ausgedacht, in dem die anderen, und somit auch das meine, erst entstehen konnten?«

»Ja, das wüsstest du wohl gerne! Ich habe selbst keine Ahnung. Und es spielt auch keine Rolle, denn das erste Universum könnte auch das letzte sein, das letzte wiederum das erste – wobei es höchst wahrscheinlich ist, dass es keinen Anfang gibt und auch kein Ende. Es geht allein darum, das Gesamte zu betrachten. Die Reihenfolge der Entstehung ist von keinerlei Belang, da es ja die Zeit, wie du jetzt weißt, nicht gibt. Universen beziehen sich entweder aufeinander oder existieren eben gar nicht.«

Nach dieser Unterhaltung begann die Tafel mit hohem Aufwand alle Möglichkeiten ihrer Zeichen durchzugehen. Der Testlauf dauerte nun eine lange Weile, Millionen Möglichkeiten ratterten in irrem Tempo durch, steigerten die Schlagzahl noch, bis der Lüfter an der Seite des Gerätes die zweite Stufe zünden musste. Beide schauten diesem Schauspiel flinker Zeichen lange zu, dann bimmelte ein Glöckchen, die Fläche wurde schwarz, und eine Zahl erschien, es war die seine. Anno hob die Marke hoch, schaute fragend hin zu Paul, dieser bejahte, sowohl auf Marke als auf Tafel stehe eine Eins.

»Folge mir!«, sprach Paul, erhob sich und griff Anno bei der Hand. Er führte ihn zur Tür, bemerkte lächelnd noch, was ihm zur Begrüßung bereits aufgefallen war. »Du hast aber auch sehr weiche Haut!«

Genug der Nähe, Anno zog die Hand zurück und legte diese auf die Klinke an der Tür, er öffnete, dahinter sah er nichts als tiefstes Schwarz. Paul drückte an der Schulter ihn hinein, ging hinterher und zog die Tür bis in das Schloss zurück.

Kein Lichtstrahl drang hierher von außen rein, sie standen mittendrin im Nichts.

»Es werde Licht!«, rief Paul mit großer Lust zur theatralen Ironie, und abermals zeigte Anno sich ein gänzlich neuer Raum. Die Lichter gingen alle an, der Saal erstrahlte festlich. Sie befanden sich nun mittig in der Königsloge eines prunkvollen Theaters, komponiert aus Gold und rotem Samt, mit einer Unzahl leerer Plätze. Anno blickte staunend in den Saal hinein, Paul fuhr fort, um ihm die Aussicht zu beschreiben.

»Es gibt nur einen Weg, um mit Anna in Kontakt zu treten. Dieses übergeordnete Konstrukt hier ist der Ort, an dem die Dimensionen ineinanderlaufen. Das Unterbewusstsein jedes denkenden Wesens, das noch lebt, gelebt hat und leben wird, ist hier, im Traum, zugegen. Also wann immer jemand, der innerhalb deines Universums lebt, träumt, dann befindet er sich hier.«

»Im Theater?«

»Das ist nur meine individuelle Übersetzung, aber ich finde, dass sie trifft«, sprach Paul und schaute stolz über diese Landschaft der Kultur hinweg.

»Wo ist Anna?«, fragte Anno, nicht ohne Paul besorgt zu hinterlassen.

»Bedenke, dass ihre Träume immer auf den Ort bezogen sind, also auf die Zeit, in der sie träumt. Das gilt nicht für dich. Du überschaust das Ganze, weil du es ja erschaffen hast, wie der Punkt im Zentrum eines Zirkels, der an seinem Lasso Kreise um sich zieht. Mach ihr also keine Angst, bloß weil du mehr als sie zu wissen glaubst.«

Anno winkte ab, es sei ihm bloß ein Bedürfnis, in den Traum der Nacht zu gehen, als Anna ihre Augenbinde löste, bevor sie Anno bat, sich jenen Tag genau zu merken. Dies war Paul schon lang bewusst, also fuhr er vorbereitet fort, um Anno zu erklären, was die nächsten Schritte seien: »Wir sind jetzt ungefähr an dem Punkt, wo du ausgestiegen bist. Wenn ich ›Jetzt‹ sage, wird dein Bewusstsein Stück für Stück die anderen Dimensionen erkennen; ich hab da ein wenig meine Finger mit im Spiel gehabt, ich bitte dich, das zu entschuldigen; du bist noch partiell hypnotisiert. Ich habe deine Fähigkeit zur vollen Wahrnehmung manipulativ gezähmt, damit du nicht zur vollen

Gänze durchdrehst. Also, Stück für Stück.« Paul schnipste: »Jetzt.«

Sogleich kam zum goldenen Licht des Saals ein neuer Schimmer hell hinzu, der Annos Antlitz blendend in gleißend blaues Licht ihn tauchte. Er starrte auf die Bühne, in deren Mittelpunkt die Erde plötzlich frei rotierend ihm erschien.

»Wie gesagt, das ist bloß eine Übersetzung, die du hoffentlich verstehst – auch wenn sie insgesamt vielleicht ein wenig platt herüberkommt«, erklärte Paul. »Das sind jetzt erst mal nur die Dimensionen, die du bislang auch schon wahrgenommen hast. Wenn ich wieder schnipse, dann erkennst du auch die anderen, dir gänzlich neuer Art.« Er schnipste.

Eine Schar von Lichterfäden ungekannter Farben begann, aus der Erde sich herauszuziehen, nach links und rechts, hinter dem Portal verschwindend.

»Der Traum fand damals statt«, fuhr Paul fort und zeigte weit nach links, wo sie der Weg hinführen würde, nach der ersten linken Tür des Saals in Bühnennähe, am prunkvollen Parkett entlang.

Doch Anno verblieb in diesem Anblick seiner Erde, steckte beide Hände in die Taschen seiner Hose. Etwas knisterte darin. Er zog ein Blatt heraus, ein Herbstblatt allerschönster Farbe.

Paul erklärte ihm den wunderlichen Vorfall. »Anna gab es dir auf deine Reise mit, als sie Abschied von dir nahm.« Anno schloss die Faust. Jetzt fiel ihm die Erkenntnis schwer auf seine Seele. Er hatte seinen Schwur gebrochen, Anna war allein zurückgeblieben. Der Gedanke daran, was sie durchlitt, ließ ihn erzittern, er spürte ihre Trauer bis hierhin. Als er die Faust erneut geöffnet, um sich das Blatt noch einmal anzuschauen, war es ganz ergrünt, ein junges Blatt, am Anfang seines Lebens.

Es geriet die Luft im ganzen Saal in einen Atem, ein Windstoß peitschte ihm das grüne Blättchen aus der Hand, mit einem irren Tempo raste es auf die Erdenbühne zu, durchbrach die Wolken, krallte sich am Aste eines Baumes an den Ufern ferner Träume fest, von wo es neue Winde wieder lösten, um es übers Meer in Annas Hand zu tragen. Doch damit war es nicht getan, die Winde kamen nicht zur Ruhe, sie wechselten die Richtung, und ehe Anno sich versah, klatschte ihm mit voller Wucht etwas ins Gesicht. Er griff danach und zog es sich herunter, betrachtete dann leise und sehr lange, was ihm gerade zugeflogen war: das Foto aus dem Sommer, welches Anna an den Strudel ihres Traums verlor, um im Gegenzug das Herbstblatt zu erhalten.

»Komm!«, sprach Paul, geleitete ihn hinunter ins Parkett, hielt die Tür ihm wohlerzogen auf, hinter der sich wieder einmal nichts als blankes Schwarz befand. Er lotste ihn hindurch, verblieb im Saal und sprach strikt: »Aus!« Die Scheinwerfer erloschen, hinterließen den gesamten Saal erschimmert, reflektiert vom blauen Licht. Als er durch die Tür ging, diese schloss, erlosch auch dieser kühle Schein.

»An!«, befahl nun Paul im neuen Raum, es wurden alle Lichter wieder hell. Es war ein weiterer Theatersaal, Marmorsäulen verbanden seine Logen, in denen grüne Stoffe auf geschwungenen Sesseln lagen, auch das blaue Licht der Bühne fing von Neuem an zu leuchten. Der kurze Weg zwischen diesen beiden Räumen sei bloß ein Augenblick

an Erdenzeit gewesen, erklärte Paul, während er hinüber-
lief und die andere Seite des Parketts erreichte. »Es ist also
noch ein langer Weg.«

»Gibt es eine Abkürzung?«, erfragte Anno schwer besorgt.

»Hast du Zeitmangel?«, gab Paul ihm mäßig interessiert
zurück.

»Anscheinend nicht«, verneinte Anno diesen vorwurfs-
vollen Haken und folgte durch die andere Tür in neues
Schwarz ihm nach. Wenige Sekunden später trat Paul
durch die bereits geschlossene Tür wieder hindurch, er
habe ganz vergessen, die Beleuchtung wieder auszuma-
chen. Umweltschutz sei ihm sehr wichtig, alles andere sei
dumm.

So durchliefen sie die halbe Ewigkeit der Räume aller Formen und Gestalten. Als Anno schon nicht mehr damit ge-
rechnet hatte, jemals anzukommen, sprach er ohne Ironie:
Die langen Wege seien wohl das Ziel.

Doch zeigte Paul verneinend auf die Erde, man möge es
kaum glauben, doch sie seien da. »Auf die Bühne mit dir!«,
sprach er ihm gespielt befehlend, bot dazu die Hand ihm
an, um ihn über diese Schwelle zu geleiten.

Anno stieg nun auf die Bühne und ging von Paul begleitet lange Wege in die Übersetzung ihres Traumes aus der
Nacht jenen Tages, als Anna sich vom Augenarzt abholen
ließ, nahe am Beginn des Sommers ihres Lebens.

Der wache Anno aus der niedrigeren Dimension des Sommers saß im Wartebereich der Augenlaserpraxis, verunsichert, warum der Eingriff bei Anna so viel länger dauerte

als einige Wochen zuvor bei ihm. Es dauerte nicht länger, doch kam es ihm so vor. Der Wasserspender stieß auf, das zweigeteilte Gemälde hatte er dieses Mal im Rücken. Nach einer Erdenewigkeit öffnete sich die Tür zum Laserraum, die bandagierte Anna wurde von Doktor Eugen rausgeführt.

Anno sprang gleich auf, fasste ihren Arm.

»War alles gut? Hier bin ich, hier ist meine Hand.« Er griff nach ihrer weichen Haut.

Routiniert fing Doktor Eugen an, die Pflichten abzuschließen: »Alles ist ohne Komplikation verlaufen, schonen Sie sich, lassen Sie es langsam angehen, und freuen Sie sich schon jetzt auf morgen früh!« Er bedankte sich, auch Anna dankte, ihr Gang war schwankend, und so bat sie beide Helfer, sich kurz hinsetzen zu dürfen. Anno übernahm, er setzte sie auf jenen Stuhl, auf dem er gesessen hatte, als er noch selber bandagiert gewesen war. Doktor Eugen merkte, er wurde hier nicht mehr gebraucht, überließ die beiden ihrem jungen Glück; was gibt es Schöneres, als sich um jemanden zu sorgen, so lange weit und breit noch keine Sense zu erahnen ist. Der Doktor lächelte beseelt, wurde aber plötzlich ernst, als ihm die Stille allzu laut in seine Ohren drang. Er schrie nach seiner »Margarete!«.

Das Meeresrauschen aus den Boxen setzte ein, verbittert ging der Doktor dann zurück in sein Büro.

Anno zapfte ihr ein Wasser, dankend nahm sie an und trank, ihr Kreislauf sei weit unten, plötzlich eingestürzt. Nachdem sie den kleinen Kegel geleert hatte, bot Anno ihr noch einen weiteren an. Sie lehnte ab, es genüge schon, sonst müsse sie noch zur Toilette, und dabei lächelte sie, sich sanft erinnernd, unter ihrem ganzen Mull.

Paul trat gefolgt von Anno durch die hohe Dimension des Traumes an die Tür von Annas alter Wohnung. Sie seien nun am Ziel, an diesen Ort habe Anna sich hineingeträumt, nachdem sie sich vom Augenarzt abholen ließ.

»Du musst nur drinnen warten, sie sollte dir erscheinen, sobald sie auf dir eingeschlafen ist.« Anno atmete tief durch, die Bedeutung kommender Momente erdrückte ihn im Voraus.

»Soll ich …?«, bot ihm Paul Begleitung an, Anno lehnte sofort ab. Er legte seine Hand an die Klinke dieser Wohnung, die ihm das erste Wiedersehen bescheren sollte, öffnete und schloss die Tür von innen.

»So im Dunkeln hat auch was«, sprach Anna erledigt, während Anno auf ihr lag, völlig außer Atem. Er fragte, ob sie noch etwas brauche, vor der Nacht. Sie bejahte, eigentlich müsse sie noch pinkeln, doch das habe bis zum Morgen Zeit, sie habe keine Lust, sich den Flur entlangzutasten.

»Ich führ dich gerne hin!«, sprach Anno schmunzelnd, diesen Dienst hätte er ihr allzu gern zurückerwiesen.

»Viel zu gemütlich!«

Die Nachttischlampe war noch an, Anno griff zum Schalter, küsste sie zur Nacht, sprach sanft »Bis gleich!«, ganz ohne sich der doppelten Bedeutung seiner Worte überhaupt bewusst zu sein. Dann atmeten sie beide ein, den Bogen in die Nacht, der Schalter knipste, und Anna fiel auf Annos Schulter gleich in einen tiefen, donnerschweren Schlaf.

In der hohen Dimension des Traumes lief Anno unruhig durch die Wohnung, als es plötzlich klopfte. Der Herzschlag hämmerte ihm bis zum Halse, es war nun nur ein kurzer Gang, der ihn vom Wiedersehen mit seiner Anna trennte. Er lief hin, hielt inne, öffnete die Tür mit zittriger Hand. Anna schaute ihn verwundert an; er müsse sich mal sehen! Er würde so bedeutungsschwanger ausschauen, als hätte er einen Geist gesehen. Anno stand erstarrt in ihrem Anblick, ohne irgendetwas zu sagen.

»Du wirst schon reden, wenn was ist«, verdrängte sie das Thema und lenkte gleich aufs neue hin.

»Lässt du mich bitte kurz vorbei, ich muss ganz schlimm pinkeln!«, sprach sie ihm dringlich, zwang sich durch den Spalt ins Bad und hinterließ im Flur alleine Anno, der sich kein Wiedersehen hätte jemals schöner denken können als eben genau dieses.

Es ertönte die Toilettenspülung.

Dieses träumte Anna unruhig auf der wachen Seite, denn sie sprach im Schlaf, als der aufgewachte Anno die Toilettenspülung drückte und in das dunkle Zimmer wiederkam. Er betrachtete die bandagierte Anna, legte still sich neben sie und hörte ihren Worten zu.

»Ich verspreche es, erzähl weiter.«

Dann folgte diesem Satz von ihr ein langes, tiefes Schweigen, welches Anno neuen Schlaf bescherte, während Anna weiter innerhalb des Traumes mit dem toten Anno sprach, ohne jede Kenntnis davon zu besitzen.

In der Wohnung hoher Dimension standen sie am Ende
ihres Traumes am Balkon. Die beiden waren still, der
Schwur war längst verlangt. Sie atmeten tief ein, dann
ließen sie sich stürzen, Anna fiel in ihren Tag hinein.

Durch das Fenster brach das erste Licht herein, die Vögel
waren zittergelb schon wach. Sie murmelte konturlos, was
Anno mit Besorgnis länger still betrachtete. Schlagartig erklarte sie, fragte deutlich: »Bist du wach?«

Anno bejahte, nahm sie zur Beruhigung fest in seinen
Arm.

»Du hast so viel erzählt«, beschrieb Anna die Fragmente.

Im Gegenteil, sie sei es gewesen, die viel erzählt habe,
erwiderte er sanft. In Anna kam es nicht zur Ruhe. Sie hätten im Traum auf dem Balkon gestanden, auf diesem Balkon ihres Zimmers. Er habe von einer Gefahr gesprochen,
dass etwas Schlimmes passieren werde, doch dass sie keine
Angst zu haben brauche, sie müssten sich nur gegenseitig
schwören, zur gleichen Zeit zu sterben. Gemeinsam seien
sie gefallen, damit keiner übrig bleibe.

Anno wusste nicht, wie damit umzugehen sei.

Dann bat Anna ihn, ihr die Erfüllung ihres Wunsches
versprechend zu besiegeln. So ernst war diese Bitte ausgesprochen, dass er es ihr nach kurzem Anlauf ebenso versprach. Er solle sich diesen Tag gut merken, dies sei ihr
sehr wichtig, sprach Anna, ganz verwirrt noch von dem
Traum.

Nun wolle sie die Bandage lösen. Er gebot ihr, die Augen
geschlossen zu halten, während er die Schlaufe um ihren
Kopf führte. Beim Aufschlag flossen ihre Tränen.

»Ich habe dich mir ganz anders vorgestellt!«

Anna genoss erst einmal, während sie durchs Zimmer schaute, das Geschenk, ohne Hilfe klar zu sehen. Ihr Zuhause, aus Kristall.

»Was für ein Chaos«, bemerkte sie. Ein Chaos, das mittlerweile eine gemeinsame Geschichte zu erzählen begann. Sie könne sich gut vorstellen, das Gästebett nun wegzuräumen, es habe in der letzten Zeit schon sowieso an Härte und Bestimmung sehr verloren. Doch zuvor müsse sie nun wirklich dringendst zur Toilette.

Auf der Traumesseite trat bald der Verstorbene von der Straße wieder durch die Tür der Wohnung ein, nachdem er die vier Stockwerke zurückgestiegen war. Er wurde überrascht von Paul, der auf dem weichen Gästebette saß und rauchte.

»Das ist aber nett, dass du sie nach Hause bringst!«, sprach er ihm anerkennend zu.

»Nächster Traum?«, schlug Anno sogleich vor.

»Such dir einen aus!«, ging Paul auf seinen Vorschlag ein, aber wehe, er beziehe sie zu weit in seine Kenntnis ein. Dies würde er nie wagen, Paul war nun beruhigt, obwohl er besser hätte wissen müssen, dass Anno Anna schon zu viel erzählte, allein bei diesem Wiedersehen.

Paul und Anno gingen quere Wege weiter, suchten einen weiteren Theaterraum, aus dem heraus sie Annas nächsten Traum betraten. Und bei diesem nächsten blieb es nicht. Anno lief durch alle Träume, in die Anna ihn hereingelassen, unterbrochen von der Zeit des Traumas, wo sie ihm die Tür versperrt, um für sich mit ihrer Trauer ganz allein zu sein. Dann lief er im Winter wieder durch die Träume ihrer neuen Wohnung, als sie bereit war, ihn erneut zu sehen, und mit jedem weiteren Traume Anna schleichend nur noch deshalb lebte, um ihr Leben zu verträumen.

VIII.

Tiefster Winter

Die Trennungsphase ihrer neuen Nachbarin verweigerte sich jeglicher Entwicklung. Das Treppenhaus trug hallend fort, was die Sängerin aus lauten Boxen immer wiederholend in dem Lied beweinte. Anna betrat die erste Stufe, als sie von ihrem abendlichen Einkauf wiederkam, es war schon lange dunkel, orangenes Laternenlicht leuchtete den Heimweg aus. Sie besorgte nur das Nötigste für ihren Kühlschrank, dann noch eine Hilfe aus der Apotheke. Über die letzten Monate hinweg war sie stets zu unterschiedlichen gegangen, um sich keiner Frage ausgesetzt zu sehen, warum sie die Tabletten so oft brauche. Das Lied empfing sie kühl, zu lange hatte es schon Annas Heimkunft mit wachsender Verständnislosigkeit begleitet; jetzt sei der Moment gekommen, bei der Nachbarin zu klingeln, um ihr ein wenig Rücksicht abzufordern. Auf halbem Weg nach oben ging das Licht der Stiege klickend aus. Der nächste Schalter war an Annas Tür erst, also ging sie tastend durch den dunklen Flur hinauf. Sie bog um die letzte Windung des Geländers und erstarrte. Ein Lichtschein fiel aus ihrer offenen Tür, es lähmte ihren Schritt, in langer, angespannter Pause. Sie schrie, sie sei jetzt da, sie würde nichts verlangen, doch keines ihrer Worte drang in ihre Wohnung, da das Lied des Stockwerks zu laut spielte. Die Tüte fiel ihr aus der Hand, darin krachten Flaschen fest zusammen und zerbrachen. Als einen Ausweg zog sie eine Scherbe aus der Tasche, hielt diese Waffe hinter ihrem Rücken, als sie die Schwelle ihrer Wohnung übertrat, besoffen vom Adrenalin. Judas streifte ihre Beine, glücklich über ihre Wiederkehr. Nur kurz währte ihre taube Freude, dass Judas unversehrt geblieben war, ihre Sinne waren auf den Einbruch bloß geschärft.

»Hallo?«, rief sie laut und zählte langsam die Sekunden, in denen pochend keine Antwort wiederkam. Alles war zerstört, die ganze Einrichtung durchsucht, Scherben lagen auf den Fliesen, Unterwäsche auf den Trümmern eingefallener Regale. Diese Verbrecher hatten sich mit fremden Fingern tief in alles reingerammt, was ihr je etwas bedeutet hatte. Ihr Zuhause war entweiht, jenes, welches sie ein ganzes Jahr lang durch so viel Arbeit hatte neu erschaffen. Nun lagen die Fragmente tot am Boden; alleine das Regal im Wohnzimmer mit der Truhe, die das Blatt verwahrte, blieb unberührt, zum Glück. Als sie alles abgesucht und sich versichert hatte, dass niemand sonst noch in der Wohnung war, griff sie nach dem Telefon und wählte.

Die Stunden zogen tief schon durch die Nacht, als Annas Nerven sie verließen.

»Das ist lächerlich!«, keifte sie den Polizisten an, der neben Emma in der Küche saß.

»Wissen Sie, wie oft so was passiert? Es geht um Millimeter, und schon rastet sie nicht ein!«, sprach dieser routiniert, doch vermochte er noch lange nicht, sie davon zu überzeugen. Anna sei sich sicher, sie habe sogar abgeschlossen, was sie auch immer kontrolliere.

»Es gibt keine Einbruchsspuren!«, hielt der Polizist ihr ruhig entgegen.

Dies heiße nichts, die Diebe seien sicher äußerst ausgefuchst.

Ja, dies stimme, ließ der Polizist sich darauf ein, doch in den meisten Fällen liege die Ursache im eigenen Verschulden, zumal dem ersten Anschein nach ja nichts entwendet worden sei. Emma schwieg und schaute stumm zu Boden.

Anna meldete sich ab, sie müsse ins Bad. Es machte sie verrückt, dass beide ihrer Wahrnehmung misstrauten.

»Unterschreiben Sie noch kurz, dann sind wir auch schon fertig«, hielt sie der Beamte auf.

Anna kam zurück, setzte ihre Zeichnung auf das Formular, ging grußlos aus der Küche.

»Das ist immer so, am Ende trifft die Schuld die Polizei«, sprach er zu Emma, als er ihren Blick bemerkte, der sich umständlich für das Verhalten ihrer Freundin zu entschuldigen versuchte. Er riss die Durchschrift ab, fasste kurz zusammen: »Fingerabdrücke haben wir, das dauert aber erst mal. So oder so wird das nicht leicht mit der Versicherung, die werden es als eine Einladung für Diebe formulieren: Tag der offenen Tür.« Diesen Spruch hatte er durch viele Jahre seines Werdegangs sich unbeirrt bewahrt. »Alles Gute für Sie!«, verabschiedete er sich, bevor Emma ihn zur Tür gebracht und doppelt abgesichert abgeschlossen hatte.

Emma ging den Flur entlang und klopfte an der Badtür,

rief nach Anna, doch die reagierte nicht. Sie öffnete die Tür, das Licht war aus, Anna war nicht hier, dann ging sie in das Zimmer, wo sie tief erleichtert Anna fest auf ihrem Bette schlafend wiederfand. Emma legte sich zu ihr. Heute würde sie bei ihrer alten Freundin bleiben, um sie zu beruhigen, falls der Einbruch ihr bis in die Träume folgen würde.

Für gewöhnlich hatte Emma einen hellen, leichten Schlaf, und dennoch hörte sie von allem nichts, als Anna aus dem Bette stieg, die Augen klar geöffnet. Ohne Müdigkeit in ihrem Gang lief sie zur angelehnten Zimmertür hinaus, am Bad vorbei in ihre Küche. Sie fand dort jedoch nicht, wonach sie suchte, also ging sie weiter. Das Licht im Flur hatte Emma angelassen, der Schein zog Annas Schatten lautlos näher an das Bett, als sie das Schlafzimmer erneut betrat, um Emma zu betrachten, konzentriert, aus allergrößter Nähe. Die Diele knarzte, doch Emma bekam davon nicht das Geringste mit. Anna schüttelte den Kopf, richtete sich auf, ging rückwärts aus dem Raum, betrat nach einer Drehung nun das Wohnzimmer, in welchem sie sich auf den Boden hockte. Minutenlang war es ganz still.

Mit einem großen Knall erwachte Emma aus dem Schlaf, benommen suchte sie nach Anna. Sie rannte sofort los und fand im Zimmer nebenan eine weitere Zerstörung vor. Anna hockte suchend auf den Trümmern des Regals, welches noch gestanden hatte, als Emma sich vorhin zu ihr gelegt; Anna räumte dies und jenes weg.

»Annalein …«, ertönte Emmas Stimme sanft, wie sie noch nie so voller Sorge ihren Namen ausgesprochen hatte.

Anna drehte sich zu ihr und wehrte mit der Hand die Stimme ab. »Lass, kurz!«, sprach sie direkt in die Augen ihrer tief besorgten Freundin. Sie suchte wandelnd weiter, fand das verloren geglaubte Kästchen schließlich doch und öffnete die Klappe.

»Hier bist du!« Sie nahm das Herbstblatt liebevoll heraus. »Ich dachte schon, du bist verschwunden! Ich habe alles abgesucht!«, drang es mit freudenvollstem Klang in Emmas Ohren.

Ihr wurde schlecht, als sie erkannte, dass Anna die Verwüstungen in dieser Wohnung selbst verursacht haben musste.

Anna lachte laut und plötzlich schallend auf, sprach aus, dass auf Anno wirklich immer, wahrhaft jedes Mal Verlass sei. »Warte, hier, nimm meine!«, bot sie ihm an und betrat die Dimension der Träume, die Anna nun mit Anno ihr Zuhause taufte.

Anna reichte ihm im Traum die Schlüssel, das Schloss ging klackend auf, beide traten ein, und Anno schaute voller Freude in die schöne neue Wohnung rein.

»Home, sweet home!«, sang er und rannte gleich ins Schlafzimmer aufs Bett, die Hose stülpte er sich mit den Socken und der Unterhose aus, positionierte sich gemütlich in der Mitte und streckte alle Fünfe von sich.

»Bereit!«, rief er zum Flur hinaus, während Anna ihren Mantel über die anderen Jacken auf die Garderobe warf.

»Ich habe meine Tage!«

»Das ist mir wurscht!«, rief er halb empört zurück und bekam am Ende doch noch, was sie beide wollten.

Zu fortgeschrittener Stunde saßen sie im Traum vor dem Fernseher und aßen Sushi, das ein gestresster Lieferant hastend abgegeben hatte; ihn quälten auch des Nachts noch Albträume von seiner Arbeit. Sie würden ihn ab jetzt entlasten; bei diesem Bringdienst könne man nicht mehr bestellen; der Ingwer war erneut zu knapp serviert, so auch das Pünktchen aus Wasabi. Anno küsste Anna auf die nackte Schulter, atmete tief ein und murmelte genießend, wie man so gut nur riechen könne.

Das Programm des Fernsehers war verstörend. Eine Tierarzt-Doku lief, die Patientenkatze wurde gerade eingeschläfert, die Herrin brach in Tränen aus, hielt die Pfote fest in ihrer Hand, wo die Katze ihre Krallen langsam ruhen ließ. Es brauchte nicht mehr lange, da senkten Anno auch und Anna ihre Blicke, sie weinten leise mit, bis sogar die Ärztin und ihr Assistent keine Haltung mehr bewahrten. Alle heulten schrecklich auf; die Katze starb, und Werbung setzte ein. Anno wischte sich die Tränen weg und flüsterte zu Anna, wie gut, dass sie sich hätten. »Ja«, sprach sie dies wiederholend: »Wie gut, dass wir uns haben.«

»Judas fehlt mir«, sprach Anno leise zu sich selbst aus.

»Ja, wo ist er eigentlich?«

Anno hielt den Atem an. Seine Absicht, Anna stets gewiss zu halten, sich des Träumens nicht bewusst zu sein, hatte er durch diesen Satz unbedacht gefährdet. Er wusste, würde sie begreifen, dass sie träumte, und das hätte sie sofort verstanden, wäre Judas nirgends auffindbar gewesen, dann hätte Anno jenen Seelenfrieden, welchen sie ins Träumen flüchtend suchte und auch fand, durch die Gewissheit seines Todes sicherlich zerbrochen, sie wäre dann erwacht. Er hatte Angst, würde diese Wahrheit ihr die Sonnenzeit der Nacht mit der Dunkelheit eines jeden ihrer Tage ins Verderben ziehen, so hätte er sie bald verloren, doch er weigerte sich einzusehen, dass sein Egoismus Anna immer tiefer in den Abgrund zwang.

»Im Wohnzimmer ist er, wo er immer schläft!«, wischte er beiläufig ihre Frage fort.

Anna lächelte.

Wann müsse sie denn morgen aufstehen, kam eine nächste Frage direkt hinterher, um ablenkend das Thema auszuwechseln.

Sie dachte nach, sie könnten lange schlafen, zu erledigen sei nichts, vielleicht das Pfand nur und den Müll wegbringen.

»Dass man sich nie bewusst macht, wie schön der Alltag ist!«, reflektierte Anno über ihre glückliche Situation, stieß beim Aufstehen an die vielen Flaschen, die zwischen Esskartons am Boden lagen. Sie gingen Hand in Hand ins Bad.

Sie übergaben sich die Bürste, Anno wechselte die Köpfe, er putzte sich die Zähne. Anna steckte Wäsche in die Waschmaschine, der Timer blinkte auf neun Stunden, der Abfluss war erneut verstopft, doch darum würde Anno sich morgen kümmern. Hand in Hand gingen sie zurück ins Bett und Anno schlief auf Annas Schulter, mehr aus veralteter Gewohnheit als aus wahrer Not, fest ein, während sie noch eine True-Crime-Doku schaute.

Sie hatten sich so ihr Zuhause hier mit aller Liebe aufgebaut, sich einen Ort im Traum erfunden, der sie, obwohl von beiden einer nicht mehr lebte, auf scheinbar ewig aneinanderband.

Anno wachte später auf, erhob sich schwer von seiner Position, Anna war verschwunden. Ein Zettel lag in seiner Hand mit ihrer Schrift, es sei nun nicht mehr lang, bis sie ewig beieinander seien. Er schaute verschlafen zur Balkontür hinaus, der Vorhang wehte, dieses Mal war sie allein nach Haus gegangen. Anno legte sich zurück auf die alte warme Stelle und schrie erschrocken auf, als sein Kopf dennoch eine Schulter traf, doch diesmal war es Pauls.

»Du solltest nicht ausnahmslos jede Nacht bei Anna sein«, sprach dieser mahnend.

Anno konnte es bald nicht mehr hören, war es nicht das erste Mal, dass ihm diese Warnung ausgesprochen ward. Es gehe ihnen gut, Paul brauche sich nicht so zu sorgen.

»Sie lebt ja nur noch, um zu schlafen, um zu träumen; du nimmst ihr alle Chancen, ein normales Leben zu erleben.«

Dem rammte Anno gleich entgegen: »Ich habe mir nicht ausgesucht, nicht bei ihr sein zu können. Wir haben einen Weg gefunden, das Leben doch zu führen, ein Leben, das wir ausgesucht, es uns zu wünschen. Sie ist eine erwachsene Frau, sie kann für sich entscheiden, was sie tut. Und wenn sie sich entschließt, bei mir sein zu wollen, dann ist das ihre eigene Entscheidung.«

»Das ist unsagbar egoistisch, erinnere dich daran, dass du es bist, der keinen Abschied nehmen kann. Du ziehst sie in den Abgrund des Verstandes, das Gleiche über sich zu denken; dass dieser falsche Weg die Lösung sei, euch wieder zu vereinen. Am Ende bringt sie sich noch um, lies doch ihre Zeilen!«

Anno schaute stur an Paul vorbei, dieser redete sich tief in Rage, beschimpfte Anno, griff ihn bei den Händen. Er sah Paul schreien, doch hörte er auf einmal gar nichts mehr; ein dumpfer Knall traf Annos Ohren, sein Gleichgewicht zerfiel zu Staub, und mit den Kräften letzter Blicke schaute er zum Fenster hinaus. In aller Stille sah er dort die Explosion, deren Druckwelle sich über die gesamte Aussicht fraß, hinterlassend nichts als einen Abgrund tiefer Dunkelheit. Die Welle zog still weiter übers Land, erreichte nun die Mauern, in deren Mitte Paul noch immer schrie, mit Fäusten und mit Füßen auf den eingestürzten Anno schlug. Die Wände rissen aus den Angeln, bis schließlich das Nichts Besitz ergriff von jeder Regung, die Anno noch empfinden konnte, umgeben nur von dichter Finsternis.

Er kam erst wieder zu Verstand, als Paul seinen Namen rief. Anno riss die Augen auf, doch sah er weiter nichts. Aus tiefster Ferne rief Pauls Stimme seinen Namen, das Echo zog sich rückwärts stark verzerrt in alle Ewigkeit zurück. Anno konnte nur Fragmente hören, er schrie zur Antwort: »Hier!«, doch drang die Stimme nicht aus seinem Hals. Die Worte ergaben keinen Sinn, die Paul ihm entgegenschrie, da nicht jede Silbe durch die Masse dichter Dunkelheit durchgesplittert kam. Das klangzerbrochene Mosaik setzte Anno sich nur schwer wieder zusammen. Paul schrie, wie es zu diesem schlimmsten aller Fälle kommen konnte; Anno sei zu weit gegangen, er habe es gewusst, er habe ihn gewarnt, nun begehe Anna einen Fehler, der nicht wiedergutzumachen sei.

Anno tastete mit seinen Füßen, er fühlte weichen Boden. Ein Blitz verriet die Tür zu Annas wahrer winterlicher Wohnung – die Dimensionen schienen sich zu überlaufen, etwas verband in seinem Blick die eine Welt des Winters mit der des nun gefährdeten, nimmer immerwährenden

Bestandes. Tief hinten, weit am Firmament, lag ihre Wohnungstür in mattem Schwarz, umzingelt vom Zerfall. Anno watete auf diese Stelle zu, die ihm der Blitz soeben noch gezeigt, welche sich nun lichtlos dort befand, wo er sie vermuten musste. Die Füße sackten in den Boden ein, er rannte schneller, um nicht tiefer zu versinken. Am Ende dieser Flucht erreichte er die Tür ihrer Etage, in deren Angeln Kerzen brannten. Das Lied des Stockwerks wehte durch die Räume, die ganze Wohnung hell erleuchtet. Alles lag am Boden. Anno übersah den Abgrund nun, den Paul so oft beschrieben hatte. Ihr Leben war zerstört, ein Traum bloß, der auf Trümmern fußte. Er ging die Zimmer ihrer Wohnung ab. Es gab nur eine Lösung, warum er Zugang nun zur Ebene der Wachen hatte, obwohl er bisher ihre Träume bloß betreten konnte – sie musste sich im Anflug schon befinden, um auf dem Rücken ihres Traums zu landen. Anno erstarrte, als er durch den Rahmen blickte, in das Zimmer ihres Schlafs. Dort stand sie trinkend vor dem offenen Fenster, Rotwein tropfte ihr vom Kinn, das ausgeleerte Glas stellte sie auf ihren Nachttisch, daneben wanden würgend sich die Hüllen schwerer Medizin.

»Was tust du, Anna?«, sprach er endlich.

»Da bist du schon!«, empfing sie ihn, wandte sich ihm zu, und nahm ihn bei der Hand. Sie setzte Anno neben sich aufs Bett, er sagte nichts, er dachte an nichts anderes als an die Frage, wie er es nicht hatte kommen sehen. »Gleich, nur noch ein wenig, und wir führen keine Fernbeziehung mehr!«, sagte sie ihm lächelnd.

»Was hast du getan?«, er konnte es nicht fassen, doch das Ergebnis übersah er ganz genau, nämlich dass dieser Fehler schwerer wiegen würde als der Anbeginn der Zeit.

»Wartest du mit mir?«, kam es bleich von ihren Lippen, die keinen Zweifel, und sei's auch nur im Ansatz, zeigten. Anno überlegte lange, wie es zu verhindern sei. Paul hatte ihn so oft ermahnt, er dürfe Anna nicht in aller Gänze in sein Wissen einbeziehen, sie würde falsche Schlüsse daraus leiten, bis zum Einsturz dieser Welt, ins Ende allen Anfangs hin. Im Traum zu leben, ohne zu erwachen, der Gedanke schien zwar richtig, doch die Gleichung ging nicht auf, denn sie hatte sich entschlossen, sich bis zum Tode zu betäuben. Er wusste gut aus seinem Falle, dass Universen aus Gedanken sind erschaffen, und wäre rückblickend sie unbetäubt gestorben, so hätte sie sich selber eines geschaffen. Im wachen Tode wär die Gleichung gültig noch geblieben, sie hätte einen Ort erfunden, an dem sie neu geboren und nach langer Suche ihn gefunden hätte. Der momentane Pfad, den sie aus falscher Folgerung beschritt, kam an kein Ziel, da sie auf diesem Weg die Fähigkeit zum Denken chemisch lähmte, unter einem Meer von Schlaf, ohne jede Kraft, um sich im Augenblicke umgekehrten Sterbens das Leben neu zu denken. Es würde so nicht funktionieren, sprach Anno still und ohne Hast. Die Gemächlichkeit, zu der er sich entschloss, erschien bei dieser Dringlichkeit nicht angebracht. »Schlafen willst du, um bei mir zu sein. Willst du auf diesem Wege sterben, dann änderst du nicht weniger als alles. Uns beide wird es nie gegeben haben, streichst du dich aus der Geschichte, ohne sie zum Anfang hin zu denken, damit sie erst beginnen kann; und ich, ich würde nie entstanden sein, wenn du mir jeden Grund aus meinem Kopf entziehst, um durch dich mein Leben zu begründen.« Die Sekunden zogen hin, die Wirkung ihres Gifts befand sich schon im Anlauf, schäumte an den weiten Ufern ihrer nachlassenden Kraft. Er ahnte eine Möglichkeit zu Annas Rettung, auf die er gänzlich seine Ruhe baute. Annas Augen fielen zu, die Kerzen ihrer Wohnung wehten aus. Die schwarze zähe Masse, vor der er eben zu ihr her geflohen war, gewann an Mächtigkeit, ihn einzuholen. Die Wohnungstür zerfloss amorph ins Nichts, wie Öl, das sich durch Meere frisst. Die Wellen des Zerfalls schwappten tastend durch den Flur, bis sie bald des Zimmers Schwelle, in dem Anno noch mit Anna saß, erreichten. Er musste sich der Lösung nun bedienen, die Zeit war knapp, der Raum zerfiel, trank gierig sich zum Fenster vor. Das Wohnhaus gegenüber war bereits in Nacht getaucht, in mattes Nichts, bis in die Gedanken der Atome entmaterialisiert. Anno schüttelte sie wach, es tue ihm sehr leid, doch es gebe keine andere Lösung, sie müssten nun einander für alle Zeiten ziehen lassen. Er stand sehr plötzlich auf, da ihre Augen bereits fest geschlossen waren, schlug mit aller Kraft ihr ins Gesicht, um die Müdigkeit noch fortzujagen. Sie öffnete die Lider, traurig schaute sie ihn an, die Augen rollten wieder fort. »Lass mich los!«, schrie er ihr entgegen, fasste Anna bei der weichen Hand und riss sie aus dem Bett zum Fenster. Sie schrie auf, als er sie in die Tiefe warf, zugleich mit Stimme und den Augen, Klänge blanker Todesangst. Der Schrei verstummte, Anno schloss die Augen, ehe sie den Boden traf, und riss sie wieder auf, als der Schrei erneut erwachte. Annas Stimme kam aus seinem Rücken, wo sie aufschreckend im Bette zuckte. Da war ihm klar: Es würde funktionieren. Er könnte aus dem Traum heraus Anna durch die Stürze immer wieder wecken, und sei es bis zur Ewigkeit, sodass ihr Körper Zeit gewann, das Gift von selbst zu töten. Er packte sie erneut und warf sie aus dem Fenster, Anna schrie, schlug auf, erwachte; schrie wieder, fiel, schlug auf, erwachte. Mit jedem weiteren Sturz verlor die Nacht an Kraft, mit jeder Stunde ihres Kampfes weckte Anno sie durch seine Morde aus der Wirkung der Tabletten auf. Das Nachbarhaus erschien im Nebel, es zeigten sich Konturen eines Sieges über die Gesetze der Chemie. Die ganze Nacht lang ging es so, und als die Sonne sich am Horizont erhob, sprach sie: »Genug, es reicht«, sie sei jetzt wach, doch Anno hörte ihr nicht zu, er wollte ihre Rettung – alles, nur nicht vor der Zeit beenden. Er stürzte sie erneut hinunter, doch bei diesem letzten Mal ließ sie seine Hand nicht los. Anna zog ihn in die Tiefe, und er fiel mit ihr gemeinsam, sie fielen eine Ewigkeit, damit keiner übrigbleibe. Anna erwachte, Anno schlug schwer auf und schaute lange hin, wo eben noch die weiche Hand die seine fest umschloss; Anna – sie war fort, ihre Hand griff nach dem Telefon; Anno schloss die Augen und erahnte, wie auf der anderen Seite blaues Licht durch wachbelebte Straßen kreiste, begleitet von Sirenen.

IX.

∞

Die Weingläser hatten einen Klang, so scharf, dass beim Anstoßen ihr Echo den gesamten Theaterraum durchhallte. Die Stühle dieses Saals waren unbequem und ohne Stoffe; die Architektur griff in ihrer Absicht nach einer unbestimmten Zukunft, die nun anders als erwartet war. In der ersten Reihe saßen Paul und Anno, doch sie tranken nicht, da Paul ihm noch zu danken hatte.

»Du hast mir den Arsch gerettet«, sprach er, hob das Glas, nicht ohne vor dem ersten Schluck den Dank noch abzuschwächen, schließlich sei es Anno erst gewesen, der sie überhaupt in die Misere fuhr.

Jeder Fehler sei zu irgendetwas gut, sprach Anno mit nur halber Einsicht.

Paul schüttelte den Kopf. Diese ungewohnte Lage, dass Anno besserwisserisch dozierte, war Paul noch neu und nicht geheuer. Dennoch war Anno nicht zur Gänze Herr der Antworten auf alle seine Fragen.

»Eine Sache verstehe ich trotz näherer Betrachtung nicht. Hätte Anna ihr Leben auf diesem Weg beendet – warum wäre dann mein Universum in sich selbst eingestürzt? Der

Grund für meine Existenz waren die Gedanken bloß an sie, und die hätte ich doch auch gehabt, hätte sie sich umgebracht.«

»Ja, der Schlauste bist du nicht.«

Anno überlegte lange, doch er kam nicht darauf.

»Nun?«

»Nun, einst fragtest du, wer der Erschaffer jenes Universums sei, in dem das deine erst entstehen konnte. Ich sprach: Ich weiß es nicht, es spielt auch keine Rolle. Doch nun wissen wir, dass es sehr wohl von unermesslicher Bedeutung ist. Durch ihre Rettung hast du Anna jenen Tod ermöglicht, der in des Denkens voller Fähigkeit den Urknall jenes Universums erst entstehen ließ, der deinem Kosmos ein Zuhause ward, ein Zuhause ist, und auf ewig eines sein wird.«

»Das mit der Zeit, die es nicht gibt, ist recht verwirrend«, sprach Anno mit hängendem Kinn und dennoch ganz begeistert aus.

»Ja, aber es ergibt Sinn, vertraue mir.«

Anno trank nun auch, Paul schaute sich im Saal um. »Warum hast du mich gerade an diesen Ort der Zeit gebracht?«, obwohl er schwerlich leugnen konnte, dass er die Antwort, die befürchtete, schon kannte.

Es habe wirklich einen guten Grund, sprach Anno und zeigte auf die Bühne, in deren Mitte still die Erde schwebte, im Augenblick des Traums von Annos letzter Nacht auf ihr, kurz bevor er starb.

Kaum hatte er es ausgesprochen, wurde Paul, trotz dieser stillen Kenntnis, schlaghaft bang. »Tu es nicht!«, sprach er und drehte sich aus Annos Blick heraus.

Behutsam versuchte Anno die Entscheidung zu erklären.

»Anna und ich werden genauso an der Sterblichkeit zugrunde gehen, wenn wir als alte Menschen nebeneinander
sterben, dass auch dann noch die Gedanken im Moment
des Todes dazu führen, das Leben zu begründen, damit es
erst entstehen kann. Und nicht zuletzt: Wir haben es uns
geschworen.«

Paul schaute auf die Erde. Ein Zweifel alter Wunden
riss ihm wieder auf. »Liebe kommt, Liebe vergeht. Keine
Liebe vergeht nie.«

»Du hast nur die Richtige noch nicht gefunden!«, sprach
Anno, worauf Paul nicht reagierte. Anno setzte nach; er
meine die richtige Liebe, nicht die richtige Frau, es sei
nicht aufs Geschlecht bezogen, doch Paul schaute weiter,
ohne jede Regung ernst zur Erde.

»Wie auch immer. Das Wichtigste ist Glück«, schloss
Anno das Kapitel ab und ärgerte Paul sehr damit, erneut
nicht mehr das letzte Wort zu haben; bei der naiven Flos-
kel wollte er es nicht belassen.

Das Wichtigste sei Glück nur dann, wenn man es auch
erleben könne, versuchte Paul den letzten Anlauf, um
Anno, flehend, davon abzubringen. Er habe schlichtweg
nichts davon, wenn er seinen Tod verschiebe, denn sein
jetziges Bewusstsein sei dennoch ewig weiter hier ver-
ankert, während die da unten keinen Schimmer davon
hätten, was von ihnen abgewendet ward.

»Und du nennst mich einen Egoisten! Vor allem tu ich
es für Anna, in gemeinsamer Vereinigung mit jenem Teil
von mir, der dadurch bei ihr bleiben kann. Ist das nicht
die größte Form des Glückes, als eine vor naiver Liebe
kurzsichtige Einheit schattenblind zu sein?« Die Ewigkeit
werde er in jedem Fall ertragen müssen, sprach er zu Paul,

der mit einem Mal sehr müde und gealtert schien. Dass Anno versuchen werde, das Unglück abzuwenden, stehe nicht zur Diskussion und sei bereits entschieden und allein dadurch schon gerechtfertigt, dass sie sich überhaupt darüber unterhielten. Würde seine Absicht ihm nicht glücken, wäre rückwirkend das Universum bereits eingestürzt, in dem sie doch soeben miteinander sprachen. Paul gab auf, geschlagen mit den Waffen seines eigenen Verstandes.

»Und was machst du von nun an mit der ganzen Zeit?«, erkundigte sich Paul, wenn auch nur mäßig interessiert.

Anno überlegte lange, es gab zu viele Möglichkeiten, um sich für eine zu entscheiden, dennoch sprach er jene aus, die ihm besonders interessant vorkam: »Womöglich suche ich dort unten in den Träumen der Lebendigen nach einer wachen, aufmerksamen Seele, der ich des Nachts, zu ihrer Schlafenszeit, versuche, die Geschichte unserer Liebe zu erzählen, welche dann des Tags durch ihre ferndiktierte Hand vielleicht am Ende sogar aufgeschrieben wird. Es wäre doch sehr schade, würde davon niemandem erzählt, und sei's nur einem kleinen Kreis.«

»Pathetisch«, konnte Paul sich stark verbittert nicht verkneifen, »dass jeder meint, er könne schreiben. Niemand will das lesen.«

Anno hielt ihm selbstbewusst die Hand zur Wette hin, doch sie wurden unterbrochen, ehe Paul sie noch ergreifen konnte.

Lauter werdend klatschten außerhalb des Saales hastend Schritte nackt auf das Parkett, erst dumpf, dann wilder platschend auf. Paul schaute alarmiert zur linken Tür des Saales.

»Was zum Teufel?«

Noch ehe Paul und Anno sich in Sicherheit begeben konnten, riss es die Türen schwungvoll auseinander, ein alter Mann rannte nackt an den Philosophierenden vorbei, schrie erfreut: »Die Haare steh'n dir so viel besser, Junge!«, und verschwand zur rechten Tür wieder hinaus, als wäre nichts gewesen.

Erst als er schon lang verschwunden war, versuchte Anno, rasch Pauls Blick, dem wertenden, entschuldigend zuvorzukommen, doch auch Paul konnte es nicht fassen.

»Du bringst hier wirklich alles durcheinander«, sprach sein alter Mentor mit allerletzter Kraft.

Anno werde ihn vermissen, gab er auf die Bühne steigend zu, drehte sich zum Abschied noch einmal zu Paul. »Begleitest du mich hin?«

»Ich werd ja sehen, ob du's schaffst, wie auch immer du es anstellen willst. Wenn nicht, würde ich meine letzten Augenblicke gern allein genießen.«

Er solle ihm vertrauen, und wenn das Vorhaben nun scheitere, »hat es nicht auch was Versöhnliches, dass alles irgendwann sein Ende findet?«, fragte er den weisen Paul, denn mit der Gewissheit müssten sie da unten schließlich alle leben.

»Ach, halt doch dein blödes Maul!«, warf Paul ihm voller Ungleichgültigkeit zurück, jede Etikette ignorierend. Er mochte das Gefühl so gar nicht, dass womöglich auch sein Leben nicht unendlich sei; es hatte sich zu tief in die Gewohnheit Pauls gegraben, keine Angst um jeden weiteren Moment zu haben.

»Paul, auf Wiedersehen!«

»Ja ja«, sprach Paul, es gab nichts weiter zu bereden.

Dieses war das letzte Wort, das sich die beiden gegenseitig sprachen. Doch nicht, weil Annos Plan misslang; im Gegenteil. Es hat sich seitdem einfach nicht ergeben.

X.

Sommer

Durch die Luke des Dachbodens stiegen sie in den Himmel,
die Stadt war leise von dort oben. Oft schwebten sie in diesen Höhen, auch wenn sie darunter fest in ihrer Wohnung
schliefen, so flogen die Gedanken an sich selbst im Traum
weit über ihre Stadt hinweg, ohne jegliche Beschwernis.
Sie fanden ineinander das, was alle immer suchen, umarmten es mit offenen Händen still bei sich, beschützt, behütet.
Die Hände warfen farbenvolle Schatten in die Nacht, als
das Feuerwerk den neuen Lauf empfing, sie hielten Gläser,
Zigaretten, Regenschirme, fassten nach der Rinne, als sie
sich vornüberbeugten, um des Tags das Leben außerhalb
zu sehen. Zwei Männer stritten sich um einen Parkplatz,
im Hause gegenüber stand die Zeit, dann bebauten wachsende Gerüste das Gewesene auf seine Grundmauern zurück. Der Frühling kam, es zogen neue Menschen ein, die
in der Küche einsam aßen, ihre Kinder morgens weckten,
alten Streit begruben und neuen oft begannen. Sie sahen
klein von oben aus, der Wandel aus der Ferne. Hier fassten
sich Anna und Anno an den Händen, was immer auch der
Umstand war, so auch in diesem kostbaren Moment, den

sie laufend »Jetzt« benennen durften. Sie gingen langsam von der Luke hin zum Rand, eine Wolke wehte vor die tiefe Sonne, und als der Wind das Laub von unten über jene Rinne trug, an der sie beide standen, hielten sie den Atem an; doch bevor sie losgesprungen, packte eine Hand fest Anno bei der Schulter, krallte ihn mit aller Kraft. Anna stürzte, Anno schrie ihr nach, so schrie auch sie, fiel tiefer und zerbrach am Boden seines Traumes. Die Stimme dessen, der Anno festgehalten, sprach, Anna sei nicht tot, dies sei ihm nur nicht klar, denn er befinde sich in einem Traum. »Schau hin!« Der bleiche Anno starrte schon die ganze Zeit hinab, entrealisierte, dass die Worte stimmen mussten, denn Anna lag nun nicht mehr da. Er riss sich hoch, drehte sich zur Stimme um und stand sich selbst auf einmal gegenüber. Sein Kinn fiel herunter, er stammelte: »Wie kann das sein?«, doch Anno klatschte ins Gesicht sich mit der flachen Hand, mitten in den Satz hinein.

»Hör mir zu!«, sprach er und wiederholte, er müsse sich zuhören und sich fest zusammenreißen.

»Nur eines ist jetzt wichtig. Wenn du gleich erwachst, musst du etwas tun«, sprach sein Ebenbild zu ihm.

»Was muss ich tun?«, gab das Bild dem Ebenbild zurück, sowie es sich getraute, ernsthaft mit sich selbst zu sprechen.

Anna schreckte auf, als Anno neben ihr im Bette undeutbare Laute stammelte. Sie drehte sich zu ihm, doch traute sie sich nicht, ihn anzufassen. Sie merkte, er war sehr tief in einem Traum, es wäre jetzt nicht gut, ihn aufzuwecken. Anno wurde ruhiger, bis er anfing, laut zu murmeln, wie könne es bloß sein. »Au!«, stieß er schmerzerfüllt heraus und fasste sich tief schlafend an die Wange. Nach einer stillen Pause rief er so konkret: »Was muss ich tun?«, dass Anna schmunzeln musste über die Entschlossenheit in seiner Stimme. Amüsiert betrachtete sie weiter, was er sonst noch würde von sich geben wollen. Ihr Schmunzeln zog sich in ein Lächeln, als er mit voller Stimme und Erstaunen ausrief: »Bitte, was?!« Anno konnte selber wohl nicht fassen, was er da soeben tief in seinem Traum gehört.

»Sprich mir nach.«
»Bitte, was?!«, hakte Anno nach, mit voll erstaunter Stimme.
»Tu es einfach, laut und deutlich: ›Anna, ich liebe dich mehr als alles auf der Welt.‹« Und er sprach sich nach, dass er sie liebe, mehr als alles auf der Welt.

Annas Lächeln wurde tief bewegt, als sie ihren Anno träumend diese Worte wiederholen hörte.

»Ich will niemals ohne dich leben«, und Anno sprach im Traum sich nach, er wolle ohne sie nicht leben.

»Ich will niemals ohne dich leben«, wiederholte er nun seine Worte, weiter aus dem Schlafe sprechend. Dieses Mal konnte sie sich einer Antwort nicht erwehren. Sie flüsterte, dass es bei ihr genauso sei. Dann wurde Anno still, mit sanfter Stimme sprach sie weiter Mut ihm zu: »Plapper du! Plappere nur weiter!«

Anno gab sich weiter vor, was sein Gegenüber träumend wiederholen soll: »Versprich mir, dass du mich gleich an

etwas Wichtiges erinnerst.« Und Anno wiederholte, obwohl es ihm auch weiterhin sehr seltsam schien:
»Versprich mir, dass du mich gleich an etwas Wichtiges
erinnerst.«

Anna ließ sich darauf ein, sie schaute ernst, obwohl es ihr
viel Kraft verlangte, ging auf seine Forderung ein, sprach
nickend: »Ich versprech's!«

Das Diktat ging weiter, jetzt, wo sie es versprochen habe,
solle sie ihm bitte ausrichten, und danach ließ er eine
Lücke, um die Worte auszusprechen; Anno ging die Silben sich erinnernd ab: »Jetzt, wo du es versprochen hast,
sollst du mir bitte ausrichten …«, Anno fuhr fort, sobald
er aufgewacht sei, müsse er sofort daran erinnert werden;
er sprach: »… dass ich, sobald ich wach bin, sofort daran
erinnert werden muss –!«

Anna staunte immer mehr, wie absurd konkret ihr Anno
träumte, still betrachtete sie lächelnd weiter, was denn nun
so wichtig sei, und lachte sehr laut auf, als Anno sprach:
»Mein Handy upzudaten.«
Anna riss die Hand zum Mund, in der Hoffnung, nicht
zu laut gelacht zu haben; nein, sie hatte nicht zu laut gelacht, denn Anno träumte weiter.

Dort oben, auf dem Dach, nahm der Verstorbene sich
selbst fest in beide Arme, schaute lange ins Gesicht sich.
»Versprich mir, dass du Judas küsst«, sprach er dann die
letzten Worte, bevor er sich mit schneller Hand in den
tiefen Abgrund stieß.

»Ich werde immer Teil von euren Träumen sein, doch ich
halte mich versteckt und schweige, damit ihr ohne jeden
Abgrund friedlich euer Leben führen könnt. Habt eine
gute, lange, unbeschwerte Reise.«

Der Tag begann gelähmt, als Anno mit dem Sturz aus seinem Traum aufschrak. Er erinnerte sich nur noch an eine
dunkle Ahnung, nicht mehr konkret an das, was soeben
vorgegangen war. Anna lachte, grüßte: »Guten Morgen,
ich habe etwas auszurichten!«

Später wusch er in der Küche das Geschirr ab, Anna kam
hinein, beschaute ihn von hinten. Er stand starr vor dem
Strahl des Wasserhahns, schwamm wirr in dem Gefühl
herum, welches der Albtraum seit Stunden nach sich zog.
Anna wollte nicht noch einmal fragen, er würde schon von
sich aus reden, wenn ihm danach sei, doch so im Stillstand
hatte sie noch nie seinen Blick gesehen. Sie war in großer
Sorge, ihm sei etwas begegnet, vielleicht aus der Vergangenheit, das seine Sicht auf sie verklärte.

Um der Stille auszuweichen, schaltete sie das Radio an,
ging mit den ausblendenden Musiktakten wieder aus der
Küche, um weiteres Geschirr zu holen. Der Jingle setzte
ein, gefolgt von einem maskulinen *Brennpunkt Technik*.
Der Radiosprecher begrüßte die Hörer, warnte dann sehr
engagiert vor einem Update, welches Besitzern des Marktführerhandys seit dem Morgen zur Verfügung gestellt
wurde, »Achtung!«, die Akkulaufzeit verringere sich nach
dem Update um fünf bis zehn Prozent. Anno dachte sich:
»Ach Mist!«, der Akku sei doch sowieso schon schwach
gewesen, tunkte das Besteck in den Topf, als dieser mit

Spülmittel und genügend Wasser vollgelaufen war. Anna brachte weiteres Geschirr auf einem Tablett. Unter den Rand eines großen Tellers war versehentlich die Fernbedienung des Fernsehers gerutscht. Dieses Mal reagierte er auf Anna, doch er lächelte nur leer sie an. Ob wirklich alles mit ihm in Ordnung sei, fragte sie bezwungen, wiederholte nachdrücklich. Er umarmte sie nur still, sehr lange, dann wandte Anno sich hinweg und nickte, erkundigte sich, wann sie mit Emma verabredet seien, zog sein Telefon heraus, um nachzusehen, wie lange es noch sei, bis acht Uhr hin. Keine Benachrichtigung versperrte ihm nun mehr den Blick auf die fast zu späte Stunde.

Des Nachts, im Club, als Anna ihn noch immer nicht erkannte, forderte sie ein, dass er ihr sagen müsse, was ihn so bedrücke. Also entschied er sich, sie einzuweihen. Es tue ihm sehr leid, wie er heute gewesen sei, es habe aber wirklich einen guten Grund. Er habe einen wirren Traum gehabt am Morgen, sei davon komplett noch aus der Bahn geworfen, und er habe einfach keinen Weg gefunden, dem schrecklichen Gefühl des Albtraums zu entkommen.

»Ich dachte schon, es sei was Ernstes!«, stieß Anna aus, sowie sie die Erleichterung ermessen konnte.

Emma kam mit drei Pinnchen, kündigte freudig die Ankunft der Bestellung an.

»Ist das –?«, fragte Anna, andeutend.

Ja, genau das sei es, schwieg auch Emma mit.

»Was?«, fragte Anno, doch Anna reichte ihm nur lächelnd sein Gefäß, nahm ihr eigenes und küsste ihn.

»Auf die Erleichterung!«, erhob sie feierlich zum Anstoß, dann tranken sie in einem Zug die Mischung aus.

»Was war das?«, fragte Anno wieder, nachdem er den bitteren Geschmack bezwungen hatte.

Anna kam nah an sein Ohr, flüsterte die Antwort.

»Bist du verrückt?«, brach es sofort aus ihm heraus, er stürzte völlig in sich ein.

Diese Reaktion hatte Anna nicht erwartet. »Was denn?«, kam sie ihm entgegen, er habe doch gesagt, er wolle es mit ihr gern einmal probieren. Das hatte er tatsächlich, noch hatte er dazu gebeten, es ihm einfach unterzuschieben, sie werde schon am besten wissen, wann der richtige Moment gekommen sei; hatte sie bislang doch mehr Erfahrungen damit gesammelt als er. Ja, dies habe er gesagt, aber doch nicht an einem solchen Abend!

Anna musste sich verteidigen, dieser Tag sei zweifelsfrei der richtige gewesen, um sich einer Hilfe zu bedienen.

Das mag sein, aber doch nicht, wenn er am nächsten Tag nicht frei hätte! Anno holte mit zitternden Fingern sein Handy heraus, hielt ihr die Uhrzeit hin. »Mein Flug geht in acht Stunden!«, riss er Anna mit hinein.

Emma beobachtete still die aufgebrachte Unterredung.

Anna habe gedacht, sein Flug ginge erst morgen.

»Jetzt ist morgen! Es ist zwei Stunden nach null Uhr!«

Anna wurde bleich. Sie habe gedacht, es sei viel später gewesen, als sie ihn gefragt habe. Nein, es sei vor Mitternacht gewesen, also sei »morgen heute«, versuchte Anno sich weiterhin im Rechte zu behaupten.

Emma griff nun ein, schlug vor, ob sie von jetzt an nicht ganz simpel sagen könnten, nach dem Aufwachen sei immer Morgen.

»Ja, aber jetzt wird nicht geschlafen, und es wird nicht aufgewacht!«, parierte er den Vorschlag.

Es sei noch Zeit, gab Emma ihm zu denken, und zeigte dabei in die Richtung der Toiletten.

»Meine Bordkarte!«, erinnerte sich Anno, plante rasch die nächsten Schritte, um bei Verstand noch alles nach der Lösung hin zu lenken. Sein Akku befand sich schon nur mehr im letzten Fünftel seiner Kraft, er aktivierte den Flugmodus, um seinen Sitzplatz mit dem letzten Rest an Batterie noch zu erreichen. Dann schlug ihn doch recht schnell die warme Wand vom Stuhl, mit Anna tanzte er die nächsten Stunden, als gäbe es kein Morgen mehr. Als sie auf Toilette musste, hielt er sie im Weggang an der Hand, fragte schwankend, ob er sie begleiten solle. Anna drehte sich zurück, schüttelte langsam nur den Kopf und sprach, vor Liebe wund zugrunde gehend, dass sie ihn liebe, und sie meinte ihn allein. Dieser Abend war einer von den schönsten, die sie gemeinsam je erlebten.

Anno hörte nur noch seinen Atem, als er sterbensbleich auf dem Klodeckel der Gate-Toilette saß, um Erlösung bettelnd. Schon seit Ewigkeiten hatte niemand mehr diesen Bereich betreten, bestimmt würden sie schon alle boarden, doch an Bewegung war für Anno gerade nicht zu denken. Er müsse jetzt eine vertraute Stimme hören, nestelte sein Telefon sich aus der Hosentasche, aktivierte den Empfang und wusste, da Anna sicher schlief und er sie nicht verschrecken wollte, niemand anderen als Dominik um Hilfe anzuflehen. Dieser kam mit keinem Wort zwischen Annos halbe Sätze, die er in einem wahnsinnigen Tempo aneinanderreihte. »Das ist die Hölle. Ich hab so schlimmen kalten Schweiß, und mein Kreislauf ist komplett weg. Wenn ich stehe, habe ich Angst, dass ich ohnmächtig werde, hab ganz wackelige Knie. So schlecht war mir noch nie, noch nie! Und die Schlange ins Flugzeug ist ewig, unendliche Schlange. Ich will nicht die Stewardess vollkotzen. Oder den Steward, von denen gibt es ja auch immer mehr. Sitzen geht, geht sehr gut, ich könnte sofort einschlafen, obwohl ich richtig, richtig wach bin.«

Doch die Verbindung brach während seiner Sätze ab, sein Handy schlief, der Akku hat es weiter nicht geschafft. Sein letzter Helfer hatte keinen Rat, konnte ihm durch seinen Einfall keine Linderung verschaffen. Anno dachte wirr an eine Quizshow, wo der Angerufene nicht mehr zum Sprechen kam, da hatte er mit Anna sehr oft sich geärgert, warum der dumme Fragende nicht schneller las. Anno war verzweifelt, er hatte keine Wahl, die Arbeit rief, er konnte es sich nicht erlauben. Arbeit braucht der Mensch, ohne sie kann er nicht leben, und deshalb: »Reiß dich jetzt zusammen und steh auf!«, schrie er, die Kacheln bebten. Ohne sich der Übelkeit im Ansatz zu entledigen, trat er verschwitzt vor die Mitarbeiterin am Gate, hielt ihr seinen Ausweis hin; sein Handy sei tot, der Akku sei gestorben.

Die Panik fiel ihr sofort auf, sie fragte, ob er voll bei Kräften sei.

Anno schluckte seine Übelkeit hinunter und erfand, dass es nur die Flugangst sei.

»Ja, das haben wirklich viele, da kann man auch nichts machen, gute Reise!«, und es piepte.

Anno zwang sich aufrecht durch die Kurve, um die enge Fluggastbrücke zu betreten. Er setzte seine Füße voreinander, dachte »links, dann rechts« und war sich mit der Flut der Galle plötzlich nicht mehr sicher, ob der rechte Schritt soeben auch der rechte Fuß gewesen war, ihm wurde speiübel. Er betrat die Tür zum Flugzeug, die Stewardess war alarmiert. Anno griff, sich stützend, nach dem Mikrotelefon, er schwankte, würgte: »Mir ist schlecht«, und fiel mit großer Trägheit einfach um, riss sich aber sofort wieder auf.

Die Stewardess stand panisch da, sie war noch in der Probezeit, vor solchen Fällen hatte sie sich seit ihrer Entscheidung, Flugbegleiterin zu werden, immer sehr gefürchtet. Sie riss die Augen auf und sah, wie Anno sich bedrohlich neigte, er stammelte: »Es tut mir leid!«, und übergab sich der erstarrten Stewardess mitten vor die Füße. Sie fielen beide um, Anno auf sie drauf.

Der Pilot sprang aus seinem Sitz, starrte durch die Cockpit-Tür, er konnte es nicht fassen, so etwas hatte er noch nie gesehen. Er griff nach Anno, riss ihn hoch, doch als dieser seine Hand wieder zum Mund erhob, ließ ihn der Pilot angewidert los. Anno hatte so viel Schwung in seinem Arm, dass sein Ellenbogen knackend gegen die Pilotennase flog, auch dieser stürzte gleich zu Boden. Ein neuer Schwall schoss ihm die Röhre rauf, er presste seine Hand noch fester auf den Mund, er wusste nicht, wohin mit sich, in seinem Kopf erklang mit letzter Stimme: »18E! 18E, dort ist sicher eine Tüte!«

Als er seine ersten Schritte setzte, rissen alle Passagiere ihre Hände hoch zur Abwehr, sie wedelten mit großer Wut, er solle bloß nicht daran denken, weiter ihre Richtung zu beschreiten. Der nächste Schwall schoss ihm hinauf, für diesen war kein Platz mehr in der überschwemmten Fläche zwischen Hand und Gaumen. Er schaute angstvoll über unkonkrete Hügel seiner festgepressten Hand hinweg, suchte nach der Richtung, in welche er zu fliehen hatte, um die Passagiere zu verschonen. Sein Gleichgewichtssinn neigte sich nach hinten, gab ihm eine Richtung vor, seine Füße folgten. Anno drehte sich auf diesem Wege fallend um, krallte sich an den Pilotensitz und spie einen großen Schwall von Alkohol und Speisen über die Elektrik fliegender Mechanik weit hinweg.

Kinderstimmen flirrten wehend durch den Vorhang der geöffneten Balkontür in das Schlafzimmer herein. Anna lag unausgezogen auf dem Bett, das rechte Bein hatte es nicht mehr auf die Matratze geschafft; zu sehr drehte sich die Welt, als sie versuchte, sich aus ihrer Kleidung zu befreien. Sie war einfach umgefallen und schlief seither traumlos, die Falten des Bettlakens drückten sich auf ihrer Wange ein, den Atem mit verschwitzten Locken überdeckt. Es war ein warmer Sommertag, Sonnenstrahlen nährten im Zenit die Blätter des hohen Baumes im Hof, deren Schatten den Vorhang sanft befühlten. Zu den entfernten Stimmen spielender Kinder gesellte sich der Klingelton des Telefons, erst weit entfernt, dann immer nähertretend. Die ersten beiden Anrufe hatte ihre Wahrnehmung noch siegesreich erlegt, der dritte bezwang nun ihren Schlaf. Sie rollte auf den Rücken, zog matt den Boten aus der Hosentasche. Sie hörte, doch verstand sie nichts. Emma stotterte in ihren Hörer, Anno sei im Fernseher zu sehen! Verstört von diesem Satz fing Anna an zu suchen. Auf dem Bett lag die Fernbedienung nicht. Den Hörer legte sie beiseite, stand von der Matratze auf und begann nun, unter ihrer Decke nachzufühlen. Dort lag sie auch nicht, nein, das konnte doch nicht sein. Die Fernbedienung war immer entweder auf dem Bett oder eben unter der Decke zwischen die

Matratzen reingerutscht. Sie sprang auf zum Fernseher, drückte die Taste an der Seite des Gerätes, es war sogleich der richtige Kanal mit dem Promimagazin. Der Fernseher schrie auf, die Lautstärke war auf Maximum, Anna stellte leiser.

Die Moderatorin sprach, nach nur drei Stunden sei der Clip von Influencer-Sternchen Stella Bijoux fünfzehntausend Mal geteilt worden, doch »Obacht!«, die Bilder, die nun folgen würden, seien nichts für schwache Nerven, vor allem nicht zur Mittagszeit!

Das Bild sprang um, und Anna schaute in das stark geschminkte, fratzenartige Gesicht des Sternchens.

»Hallo, meine Lieben!«, sie freue sich heute Abend wahnsinnig, dabei zu sein und ihre Follower auf ihrem Channel live über den roten Teppich mitzunehmen, und dank der lieben Mitarbeiter dieser Airline sei sie nun Business mit extra viel Beinfreiheit und Sektchen! – »Knutscher, bis später!« An diesem Punkt verließ sie die Routine, denn es fiepte laut in der Kabine auf, gefolgt von Annos zitterbleicher Stimme, die im Wirkungsradius des Mikrophons erklang.

»Es tut mir leid!«

»Scheiße!«, stammelte Stella, der Typ sei einfach umgefallen. »Er kotzt jetzt nicht ernsthaft der Stewardess –«

Schreie des Entsetzens drangen übersteuert durch die Boxen in das Schlafzimmer. Stella hatte likesgegenwärtig die Kamera gedreht, diese betrachtete nun Anno, eingerahmt von einer Schar zuckender Hände, als er voller Wucht ins Cockpit fiel und sich dort aus tiefster Lebenswut entleerte. Anna war erstarrt. Als es an der Wohnungstür klingelte, fiel von allen Möglichkeiten, etwas auszusprechen, ihre Wahl auf dieses eine Wort. Mit aller Sorge, aller Liebe sprach sie zärtlich:

»Anno!«

NACHTLEBEN

DANKE

*
Alice
*

*
Olga
Jakob
Benjamin
Christopher
*
Rodica und Bela
Alina und Edvardas
Rafael und Frederic
Maria și Horea
Ilona și Ilie
*
Riki
Tink
Emmi
*
Robert Wilson
Claus Peymann
*
Angela, Lukas, Ulrich, Johannes
Miriam, Susanne, Felix, Marc, Dominik
*
Karin Graf
Agentur Graf & Graf
Dr. Angelika Künne
Aylin LaMorey-Salzmann
Hoffmann und Campe
Atlantik Verlag
*
Sabine Buss
Julia Schaaf
Annette Hess
*
Herr Döring
*
sowie allen, die meinem Buch
ihre Aufmerksamkeit geschenkt haben
und in Zukunft schenken werden.